KB146628

얼음 속의 엄마를 떠나보내다

얼음 속의 엄마를 떠나보내다

© 남유하 2021

초판 1쇄 2021년 12월 27일

지은이 남유하

출판책임 박성규
편집주간 선우미정
편집진행 이동하
디자인진행 김정호
일러스트레이션 메아리
편집 이수연·김혜민
마케팅 전병우
경영지원 김은주·나수정
제작관리 구법모
물류관리 엄철용

펴낸이 이정원
펴낸곳 도서출판 들녘
등록일자 1987년 12월 12일
등록번호 10-156
주소 경기도 파주시 회동길 198
전화 031-955-7374 (대표)
031-955-7376 (편집)
팩스 031-955-7393
이메일 dulnyouk@dulnyouk.co.kr
홈페이지 www.dulnyouk.co.kr

ISBN 979-11-5925-710-0 (04810)

고블은 도서출판 들녘의 장르문학 브랜드입니다.

값은 뒤표지에 있습니다. 잘못된 책은 구입하신 곳에서 바꿔드립니다.

얼음 속의 엄마를 떠나보내다

남유하

gobl

목차

눈을 감은 엄마는 얼음으로 만든 관 속에 누워 있었다. 하얀 드레스를 입은 엄마는 방금 결혼식을 마친 신부 같았다. 집 앞에 모인 마을 사람들은 물이 담긴 바가지를 들고 있었다. 나도 마찬가지였다. 물 표면이 얇은 얼음으로 덮일 무렵, 미알리크 촌장이 나타났다. 커다란 물동이를 이고 온 촌장은 엄마를 위해 준비해 온 추도문을 읽었다.

남쪽에서 온 영혼이여.
죽음 같은 겨울에서 벗어나
따뜻한 얼음 속에 잠들라.
천상의 에니아르가 되어

망자의 동굴에서 노래하라.

언젠가 우리는 빛으로 돌아가리니.

낭독을 마친 촌장은 물동이에 든 물을 엄마의 관에 부었다. 최대한 천천히, 기포가 생겨서 얼음이 부예지지 않도록 조심스레.

물이 관에 채워지는 동안 마을 사람들은 노래를 불렀다. 가사가 없는, 허밍으로 이뤄진 노래였다. 촌장의 뒤를 이은 사람은 옆집에 사는 라우라 아줌마였다. 마을 사람들도 차례차례 엄마의 관에 물을 부었다. 엄마의 몸이 얼음으로 덮여 갔다. 엄마는 언제까지나 이 모습 이대로 우리 곁에 있을 것이다. 그 옛날 얼음 속에 갇힌 거대한 매머드처럼.

물을 부은 사람들은 엄마의 관을 세울 자리에 얼음으로 만든 꽃을 두고 돌아갔다. 고요한 바람 소리를 닮은 합창은 작아지고 널리 퍼지다가 잦아들었다.

촌장과 아빠, 나만이 고요 속에 서 있었다. 아빠는 누구

보다 느리게 물을 부었다. 아빠의 눈물이 볼 위에서 얼어 붙었다. 마지막으로 내 차례가 되었다. 살얼음이 덮인 바가지에서 물이 조르르 흘러내렸다. 나는 울지 않기 위해 입안의 볼살을 어금니로 꽉 깨물었다. 울기 시작하면 울음이 그치지 않을 테고, 내가 너무 울면 엄마가 슬퍼할 테니까.

아빠와 촌장이 엄마의 관을 들어 집 앞에 세워놓았다. 나는 고개를 한껏 젖히고 엄마를 올려다봤다. 얼음 속에서도 엄마의 붉은 머리카락은 태양 가장자리에서 너울거리는 불꽃처럼 빛났다. 촌장이 관 앞에서 무릎을 꿇고 기도했다. 아빠와 나는 선 채로 두 손을 모으고 기도했다. 신의 가호가 있기를. 기도가 끝나고, 촌장이 돌아갔다.

"카야, 엄마는 우리를 지켜주는 에니아르가 된 거야."

아빠가 내 옆에서 속삭였다. 우리는 죽은 사람의 영혼이 '에니아르'가 되어 가족과 마을을 지켜준다고 믿었다. 나는 엄마가 에니아르가 되는 것보다 우리랑 같이 사는 게 더 좋았다.

아빠는 장갑을 벗고 엄마를, 엄마의 얼음 관을 어루만졌다. 나도 엄마를 향해 손을 뻗는데 입에서 헉, 하는 흐느낌이 새어나왔다. 눈에서도 눈물이 넘쳐흘렀다. 볼을 타고 흘러내린 눈물이 작은 얼음 구슬이 되어 턱 끝에 맺혔다. 아빠가 하얀 한숨을 뱉으며 나를 돌아봤다. 그리고 내 앞에 쪼그려 앉아 등을 내밀었다. 나는 아빠의 넓은 등에 업혔다. 아빠는 나를 업고도, 집으로 들어가지 못하고 엄마를 바라봤다. 나는 엄마를 똑바로 볼 수가 없었다. 엄마가 금방이라도 눈을 뜨고 우리 카야, 라며 볼에 입 맞춰 줄 것만 같았기 때문이다. 아직 내 코는 엄마의 냄새를, 내 귀는 엄마의 목소리를 너무도 생생하게 기억한다.

"춥다, 들어가자."

나는 아빠에게 업혀 집으로 들어왔다. 바람을 막아줄 뿐, 집 안도 따뜻하진 않았다. 우리는 증기보일러를 마음껏 틀 수 있는 형편이 아니었으니까.

나는 일 년 내내 침대 위에 쌓여 있는 이불 더미 속으로 파고들었다. 이불 밑에는 약간의 온기가 남아 있었다. 그러나 이 온기도 곧 식어버릴 것이다. 죽어버린 엄마의 손을 잡고 있을 때처럼.

"한잠 자고 일어나. 아빠가 저녁에 맛있는 스튜 끓여줄게."

아빠는 내게 낡은 담요 한 장을 더 덮어주었다. 스튜 따위 먹고 싶지 않았다. 차라리 이불의 무게에 눌려 질식해버리고 싶었다. 아빠는 지친 얼굴로 방바닥에 주저앉았다. 그런 아빠를 보고 싶지 않아 눈을 감았다. 아빠가 방을 나가는 기척이 느껴졌다. 콜록콜록, 주방에서 아빠의 기침 소리가 들렸다. 엄마의 병도 처음에는 마른기침으로 시작했다. 그러다 차츰 심해지더니 나중에는 기침이 나올 때마다 등이 갈고리처럼 휘었다. 의원을 찾아갔을 때는 이미 고칠 수 없는 상태였다. 엄마는 죽는 날까지 기침과 싸워야 했다. 나는 아빠마저 잃게 될까 봐 두려웠다.

❄

이번 달만 지나면 봄이 올 거야.

마을 사람들은 입버릇처럼 말한다. 그러나 우리는 알고 있다. 우리 마을에는 봄이 영영 오지 않으리란 것을.

할아버지의 할아버지, 그 할아버지의 할아버지 때부터 봄이 오지 않았다고, 어느 해부턴가 겨울이 길어지더니 아무리 기다려도 봄이 오지 않았다고 한다. 많은 사람이 마을을 떠났다. 어떤 이들은 국경을 넘었고, 어떤 이들은 남쪽으로 떠났다.

겨울이 가고 겨울이 오는 마을, 일 년 열두 달, 추위에 짓눌려 살아야 하는 곳. 사람들은 우리 마을을 얼음 왕국이라 불렸다. 왕도 왕비도 없는, 촌장뿐인 작은 마을이지만 어디를 둘러봐도 얼음뿐이니 얼음 왕국이란 이름이 꽤 어울리긴 했다.

오랫동안 바깥사람들과 교류가 없어서일까. 우리 마을 사람들은 친척처럼 생김새가 비슷했다. 검은 머리, 외꺼풀의 큰 눈, 오뚝한 코, 얇은 입술. 하지만 엄마는 달랐다. 햇살이 비치면 밝은 주홍색으로 빛나는 머리카락, 쌍꺼풀이 도드라진 깊은 눈, 약간 들려 올라간 듯한 작은 코, 도톰한 입술. 엄마는 다를 수밖에 없었다. 엄마는 바깥세상, 아주 먼 남쪽의 섬에서 왔으니까.

14년 전, 아빠는 우리 마을에 온 엄마와 사랑에 빠졌다. 사실 엄마는 얼음 왕국이 아니라 얼음의 성에 가려고 했다. 지도에서 보면 초승달 모양으로 국경을 감싸고 있는 얼음의 성은, 우리 마을처럼 겨울이 계속되는 곳이다. 하지만 공장 지대인 이곳과 달리 얼음의 성은 관광지로 유명하다. 마을의 반을 둘러싸고 있는 얼음산과, 유빙이 가득한 바다 덕분에 바깥세상에 사는 사람들이 많이 찾아온다.

그에 비해 우리 마을은 커다란 수프 접시처럼 생긴 분지로, 죽음의 숲이라고도 불리는 검은 숲에 둘러싸여 있다. 건장한 남자들이 검은 숲에 들어가 곰이나 순록을 잡아 오는 날에는 마을에 큰 잔치가 벌어졌다. 하지만 먹을 것은 언제나 부족했다. 추위와, 추위보다 더한 절망과 싸우느라 마을 사람들의 미간에는 깊은 세로 주름이 새겨졌다.

할아버지 세대에 이르렀을 때, 스미스 씨 일가가 우리 마을에 왔다. 검은 숲을 개발하기 위해서였다. 그들은 검은 숲에 검은 보석이 묻혀 있다고 했다. 그들이 말하는 검은 보석은 증기 기관의 연료인 석탄이었다. 검은 숲의 나무들이 잘려나갔고, 그 나무들은 철도의 침목이 되었다. 철도 위로 석탄을 실어나르는 화물열차가 운행되기 시작했다.

눈으로 덮여 있던 벌판에 배양육 공장이 세워졌다. 동물의 세포로 닭고기, 소고기 등 여러 가지 고기를 만들어내는 공장이었다. 반듯하게 늘어선 공장들은 우리 마을 대지의 3분의 1을 차지한다. 공장이 가동되면서 마을에 전기와 가스가 들어왔다. 철도는 배양육을 싣고 외지로 나갔다. 마을 사람들의 반은 석탄을 캤고, 나머지 반은 배양육 공장에서 일했다. 그리고 스미스 씨에게 받은 월급으로 배양육을 사 먹고 증기 보일러를 때기 위한 석탄을 샀다.

아빠는 소고기 만드는 공장에서 일한다. 옆집에 사는, 아빠의 오랜 친구인 라우라 아줌마는 닭고기 공장에서 일한다. 공장에서 재고정리를 하는 날이면 아빠는 유통기한이 가까워졌거나, 막 지난 고기들을 집으로 가져온다. 우리는 갈색으로 변한, 육즙이 다 빠져 푸석푸석한 고기를 간장에 졸여 오래도록 아껴먹었다. 결코 오지 않을 봄을 기다리면서.

봄. 봄이라는 단어는 달콤하다. 봄이라고 말하며 혓바닥을 입안에서 굴리면 솜사탕 맛이 날 것 같다. 나는 봄이 어떤 건지 엄마에게 셀 수 없이 들었다. 엄마가 봄이라고 말할 때 도드라지는 입술의 모양이 좋아서 몇 번이고 몇 번이고 해달라고 졸랐다. 그러면 엄마는 먼 곳을 바라보는 듯한 눈을 하고서 부드러운 목소리로 이야기해주었다.

"봄에는 따스한 햇살이 어깨 위에 내려앉아. 연두색 잔디 위에 서서 두 팔을 위로 올리면 햇살이 금빛 가루처럼 온몸에 스며든단다. 달콤한 봄꽃의 향기는 또 어떻고! 하지만 내가 가장 좋아하는 건 봄비의 냄새야. 쏴아아, 하는 빗소리도 얼마나 듣기 좋은데. 비가 오고 나면 꽃들은 더욱 선명해지고, 하늘은 새파란 색으로 물들어. 파란 물감으로 빈틈없이 칠한 도화지처럼. 어떤 날은 일곱 빛깔 무지개가 뜨는데, 무지개를 본 아이들은 너도나도 무지개 너머로 달리곤 했어. 무지개가 시작되는 곳에 가면 소원을 이룰 수 있다고 했거든."

"그래서? 소원을 이뤘어?"

"그럼, 이렇게 사랑스러운 딸이 생겼잖아."

“엄마는 내가 봄보다 좋아?”

“당연하지. 우리 딸은 엄마의 봄이고 태양인걸.”

이제는 나를 봄이라고, 태양이라고 불러줄 엄마가 사라졌다. 나는 담요를 머리끝까지 덮어썼다.

❄

엄마가 죽었는데, 세상은 하나도 달라지지 않았다. 눈이 오고, 바람이 휘몰아치고, 두꺼운 외투를 입은 사람들은 어깨를 움츠린 채 걸음을 재촉했다. 가족인 우리조차 달라진 게 없었다. 아빠는 공장에 나가고, 나는 학교에 다녔다.

한 가지 달라진 게 있긴 했다. 나는 매일 아침 얼음 관 속에서 꼼짝도 하지 않는, 학교에 잘 다녀오라며 입 맞춰 줄 수 없는 엄마를 보며 눈물을 조금 흘렸다.

마을의 얼음 관들도 예전과는 다르게 보였다. 라우라 아줌마네 집 앞의 할아버지도, 실라네 할머니도, 한때는 우리 엄마처럼 살아있는 사람이었다고 생각하니 기분이 이상했다. 예전에는 조각상이나 장승을 보는 것처럼 별 느낌이 없었는데….

어른들이 말하는 '삶과 죽음이 공존하는 마을'이 무슨 뜻인지 알 것 같기도 했다. 척박한 환경에도 불구하고 남아 있는 사람들이 마을을 떠나지 않는 이유도.

수개월이 지나 얼음 속의 엄마를 보고도 눈물이 나오지 않을 무렵, 나는 비로소 엄마의 얼굴을 똑바로 바라볼 수 있었다.

"엄마, 다녀올게."

학교에 갈 때면 나는 엄마에게 인사를 하고, 엄마의 손 부분에 살짝 입을 맞췄다. 차가운 얼음이 입술에 닿을락 말락 할 정도였지만, 내게는 엄마와 인사를 나눌 다른 방법이 없었다.

"엄마, 나 왔어. 오늘 점심시간에 무슨 일이 있었냐면, 내 짝 실라가 글쎄…."

학교에서 돌아오면 나는 집에 들어가는 대신 문 앞에 서서, 엄마를 올려다보며 그날 있었던 일들을 얘기해주었다. 유난히 추워서 가만히 서 있기 힘든 날에는 신발 바닥에 달린 스케이트 날을 세우고 엄마의 주위를 무한대 모양으로 돌았다. 그리고 나 자신을 설득했다.

엄마는 얼음 속에서 잠을 자고 있는 것뿐이라고. 어느 날 나도 엄마만큼 깊은 잠이 들면 다시 엄마를 만나게 될 거라고. 그날까지 엄마는 우리를 지켜줄 거라고.

수업을 마치고 돌아오는데, 집 앞에 번쩍이는 검은 차가 있었다. 기다란 차 앞에는 흰 모피코트를 입은 남자와 검은 가죽 코트를 입은 남자, 그리고 아빠가 서 있었다. 낡은 코트를 입은 아빠는 모피코트를 입은 남자를 '사장님'이라고 부르며 고개를 숙였다. 저 사람이 스미스 씨구나. 탁한 모래색 머리카락을 가진 스미스 씨는 황록색 눈동자가 반도 보이지 않을 만큼 눈을 가늘게 뜨고 아빠를 내려다봤다. 아니, 실제로는 아빠의 키가 더 컸는데도 스미스 씨가 아빠를 내려다보는 것처럼 느껴졌다. 나는 가죽신 뒤꿈치를 바닥에 툭, 쳐서 스케이트 날을 접었다. 그리고 그들의 말소리가 들릴 만큼 가까이, 그러나 눈에 띄지 않을 정도만 다가갔다.

"알겠습니다, 사장님. 고민해보겠습니다."

아빠가 어두운 얼굴로 스미스 씨에게 말했다.

"그래, 결국은 내 말대로 하게 될 걸세."

스미스 씨가 거들먹거리며 손에 들고 있던 실크해트를 머리 위에 올려놨다. 검은 코트가 재빠르게 문을 열어주자, 뒷좌석에 올라탄 스미스 씨는 턱을 한껏 치켜들었다. 검은 코트가 운전석에 탔고, 기다란 차는 희뿌연 증기를 내뿜으며 멀어져 갔다.

"아빠, 무슨 일이야?"

아빠는 내 말에 대답하는 대신 안으로 들어가자고 했다. 현관을 열자 평소와 달리 훈훈한 기운이 나를 감쌌다. 나는 신발을 벗어 던지고 거실로 들어갔다. 거실 테이블 위에는 찻잔 두 개가 놓여 있었다. 하나는 입에 대지도 않은 듯했고, 하나는 바닥까지 비어 있었다.

"보일러 틀었어?"

"응. 귀한 손님이 오셨으니까."

"그 모피코트 입은 사람, 아빠네 회사 사장님이지?"

"응."

"근데 우리 집에 왜 왔어?"

나는 찻물이 가득 찬 잔을 노려보며 물었다.

"카야도 차 마실래?"

아빠는 이번에도 내 질문에 대답하지 않았다. 나는 고개를 저으며 빨간 코트의 단추를 풀었다. 코트를 벗고, 안에 있는 조끼도 벗었다. 집 안에서도 조끼를 벗는 일은 드물었다.

"아니, 무슨 일인지나 빨리 말해 봐."

나는 입이 얼어붙은 사람처럼 아무 말도 하지 않는 아빠를 재촉했다.

"난 한 잔 마셔야겠다."

아빠는 내 말이 들리지 않는 듯 주전자에 남은 차를 찻잔에 따랐다. 이미 식어버린 차에서는 김이 나지 않았다. 그런데도 아빠는 후루룩 소리를 내며 차를 마셨다. 답답

해 미칠 것 같았다.

"아빠."

내가 부르자 아빠는 찻잔을 내려놓았다. 아빠의 미간에 옛날 사람처럼 깊은 세로 주름이 새겨졌다.

"사장님이…."

아빠는 코로 길게 한숨을 쉬었다. 참을성은 이미 바닥났지만 아빠의 표정을 보니 더는 재촉할 수가 없었다. 마침내 아빠가 입을 열었다.

"사장님이, 네 엄마를 데려가고 싶대."

"뭐? 우리 엄마를 데려가? 어디로?"

아빠는 스미스 씨와 있었던 일을 천천히 설명해주었다.

며칠 전 스미스 씨가 우연히 우리 집 앞을 지나다 엄마를 봤고, 자신의 정원에 엄마를 데려다 놓고 싶다고 했다. 처음에는 아빠도 단호히 거절했다. 몹시 화가 났지만 바깥세상에서 온 스미스 씨가 우리 마을의 풍습을 이해하지 못했거니 생각하며 참았다. 그리고 가족에게 얼음 관의 의미가 얼마나 큰지 말했다. 가족을 지켜주는 에니아르에 대해, 망자의 동굴에 대해. 그런데도 스미스 씨는 포기하지 않았고, 아빠를 설득하기 위해 조건을 내걸었다. 처음에는 공장에서 생산하는 고기를 마음껏 먹을 수 있게 해준다고 했고, 다음에는 월급을 배로 올려주겠다고 했다. 아빠는 절대 그런 일은 없을 거라고 했지만 스미스 씨는 포기하지 않았다. 계속해서 조건이 추가되었다. 그리고 오늘, 엄마를 내어주면 공장장을 시켜주겠다고 했다. 그렇지 않으면 공장을 그만두라고도.

"그걸 고민해보겠다고 한 거야? 아빠, 미쳤어? 우리 엄마잖아. 어떻게 다른 사람 집에 둘 수 있어?"

"아빠가 공장장이 되면… 보일러도 맘껏 틀 수 있고, 신선한 고기도 매일 먹을 수 있어."

"그래서? 그게 무슨 의미가 있는데?"

"카야가 따뜻한 집에서 건강하게 지내는 건, 엄마도 바라는 일이야."

"아니야, 절대 안 돼! 엄마는 우리랑 함께 있고 싶어 할 거라고!"

너무 화가 났다. 간신히 엄마의 죽음에 익숙해졌는데, 이건 내가 감당할 수도 익숙해질 수도 없는 일이었다. 신발을 신고 밖으로 나왔다. 뒤꿈치를 땅에 부딪치자 날카로운 스케이트 날이 다시 튀어나왔다. 나는 무작정 달리기 시작했다. 차가운 칼바람을 가르며, 돌처럼 단단해진 얼음을 지치며 달렸다. 눈물이 뺨 위에서 얼어붙었고, 두 뺨은 화상을 입은 듯 화끈거렸다. 가느다란 눈발이 점점 굵어졌다. 자꾸만 눈이 눈에 들어와 눈물이 났다. 눈을 제대로 뜰 수가 없었다. 그래도 멈추지 않았다. 눈 덮인 얼음덩어리에 걸려 바닥으로 나동그라질 때까지.

숨을 몰아쉬자 하얀 입김이 뿜어져 나왔다. 나는 빙판 위에 쓰러진 채 악을 쓰며 울었다. 메마른 입안으로 하나 둘 눈송이가 들어왔다. 지긋지긋하게 내리는 눈이 제발 나를 덮어버리기를.

❄

몸이 뜨겁다. 금방이라도 불타오를 것 같다. 그런데 너무 춥다. 어깨가 저절로 떨린다. 손으로 이마를 짚어봤다. 젖은 수건이 이마를 덮고 있었다. 열을 머금은 수건은 뜨끈했다. 이러다 뇌가 익어버리는 건 아닐까? 둔해진 머릿속에 정신을 잃기 전의 장면이 스쳐 갔다. 내 뒤를 쫓아온 아빠는 눈 이불 속에서 꺼낸 나를 업고 집으로 달려왔다. 몹시 흔들리던 아빠의 등.

"우리 딸, 약 먹자."

아빠가 방으로 들어왔다. 한 손에는 머그컵을, 다른 한 손에는 젖은 수건을 들고 있었다.

“이거 마시면 열이 내릴 거야.”

컵에는 갈색 액체가 들어 있었다. 약초 달인 물이다. 아빠가 베개 밑으로 손을 넣어 내 등을 받쳐주었다. 입에 대기도 전에 쓴맛이 느껴져서 숨을 참고 단숨에 마셨다.

“아빠, 제발 엄마를 보내지 마. 나랑 약속할 거지?”

아빠의 미간에는 여전히 세로 주름이 파여 있었다. 아빠가 한숨을 내쉬자 하얀 입김이 나왔다. 숨쉬기가 갑갑할 정도로 무거운 이불을 여러 겹 덮었는데도 집 안 구석구석 스며든 추위를 막을 수는 없었다. 턱이 떨려 윗니와 아랫니가 부딪치는 소리가 났다.

“미안…. 연료가 떨어졌어. 월급날까지 열흘이나 남았는데….”

“안 돼, 아빠. 그래도 엄마를 보낼 생각은 하지 마. 알았지?”

아빠는 말없이 내 이마에 차가운 수건을 올려놓았다. 나는 끝내 아빠의 대답을 듣지 못한 채 잠이 들었다. 잠결에 밖에서 웅성거리는 소리가 들렸다. 트럭이 무언가를 실어가는 소리…. 일어나야 한다고 생각했지만 가위에 눌린 듯 움직일 수가 없었다. 설마, 엄마를 데려가는 거야? 안 돼, 안 돼! 내가 할 수 있는 일은 꿈과 현실의 경계에서 울부짖는 것뿐이었다.

얼마나 악몽에 묶여 있었을까? 약초 덕인지 열이 조금 내렸다. 나는 침대에서 구르듯 내려와 집 밖으로 나갔다. 너무 늦었다. 엄마는 이미 사라지고 없었다.

엄마를 팔아버렸어.

아빠를 용서할 수 없었다. 나는 밖으로 뛰쳐나갔다. 아빠는 길 한가운데 서서 언덕 위의 저택을 바라보고 있었다.

"아빠! 아빠!"

주먹을 꽉 쥐고 외쳤지만 아빠는 나를 돌아보지 않았다. 아빠에게 달려가 두 손으로 등을 떠밀었다. 힘없이 고꾸라진 아빠가 맨손으로 눈덩이를 움켜쥐며 흐느꼈다. 스르륵, 몸에서 뭔가가 빠져나가는 기분이 들었다. 나는 집에 돌아왔다. 작은 창문으로 눈밭에 엎드려 있는 아빠가 보였다.

날이 저물고 나서야 집에 들어온 아빠는 나를 제대로 쳐다보지도 못했다. 아빠의 얼굴은 동상에 걸린 듯 검붉은 색으로 변해 있었다. 욕실에서 짓눌린 흐느낌이 새어 나왔다. 아빠도 나만큼 괴로워하고 있었지만, 나는 앞으로도 절대 아빠를 용서하지 않을 것이다.

거실 벽에 붙은 온도 조절기를 오른쪽 끝까지 돌렸다. 평소에는 자기 전에 약하게, 한두 시간 맞춰 놓는 게 전부였다. 통탕 통탕, 증기 보일러가 요란하게 돌아갔고 금세 집 안이 훈훈해졌다. 내 방으로 들어와 코트를 벗었다. 조금 더 지나자 겨드랑이에서, 이마에서 땀이 배어 나왔다. 조끼도, 스웨터도 벗어던지고 내복 바람으로 이불에 들어갔다.

"카야, 이게 무슨 짓이야?"

욕실에서 나온 아빠가 놀란 목소리로 물었다.

"이게 어때서? 이렇게 살고 싶어서 엄마를 보낸 거잖

아?"

나는 이불 속에 얼굴을 묻은 채 대답했다. 아빠는 무슨 말을 하려다 한숨만 쉬고 불을 껐다. 난생처음 따뜻하다 못해 더운 방에서 자는데 마음속에서는 한없이 찬바람이 휘몰아쳤다. 옆방에서 낡은 침대가 삐걱거리는 소리가 들렸다. 아빠도 나처럼 잠이 오지 않나 보다.

내일은, 학교에 가는 나를 지켜볼 엄마가 없다. 다시는 집 밖으로 나가고 싶지 않다.

❄

-냉장고에 샌드위치 만들어놨으니 먹고 가.

자고 깨니 머리 맡에 노란 메모지가 놓여 있었다. 아빠는 공장에 가고 없었다. 학교에 갈 생각도, 샌드위치를 먹을 생각도 없었다. 주방으로 간 건 타는 듯한 갈증 때문이었다. 그런데 주전자가 비어 있었다. 나는 주방 옆에 난 작은 문을 열고 식품 저장고로 들어갔다. 날숨이 금세 얼어붙었다. 시린 손을 비비며 냉장고 문을 열었다. 두꺼운 목재로 만든 냉장고는, 난방 시설이 없는 식품 저장고 안의 물과 음식이 얼지 않도록 해준다. 물을 꺼내는데 냉장고 문에 붙었던 종잇조각이 떨어졌다. 우리 마을 지도였다.

지도 한가운데 빨간 동그라미가 쳐 있고, '스미스 저택'이라고 쓰여 있었다. 나는 지도 뒷면을 봤다.

-학교가 끝나고 엄마를 보고 와도 돼. 단 30분 정도만.

지도를 접어 바지 주머니에 넣었다. 사실 지도는 필요 없었다. 스미스 저택은 높은 언덕 위에 있어 마을 어디에서나 보였다. 학교에서도, 마을회관에서도, 심지어 우리 집에서도. 냉장고에서 차가운 샌드위치를 꺼내 우걱우걱 먹었다. 스미스 저택까지 가려면 뭐든 먹어둬야 할 것 같았다. 학교는 머릿속에서 지워진 지 오래였다.

장갑, 털모자, 두툼한 옷으로 중무장하고 집을 나섰다. 저택이 있는 언덕을 오르는 건 처음이었다. 언덕 위에서 부는 바람 때문에 앞으로 나아가기 힘들었다. 발도 자꾸 미끄러졌다. 스케이트 날이 달린 신발은 비탈길을 내려올 때나 편하지, 언덕을 올라갈 때는 별 도움이 되지 않았다. 엄마를 만나러 가는 게 아니라면 벌써 포기했을 것이다.

마침내 눈앞에 저택이 나타났다. 나는 저택의 입구가

나올 때까지, 검은 벽돌로 쌓아 올린 담장을 따라 부지런히 걸었다.

입구의 철문은 굳게 닫혀 있었다. 끝이 화살촉처럼 생긴 철창으로 만든 거대한 문이었다. 철창 사이로 오래된 성처럼 생긴 저택이 보였다. 스미스 씨의 할아버지가 바깥세상의 건축가들을 데려다 지었다는 저택은 보기만 해도 눈이 아플 정도로 뾰족뾰족한 모양이었다.

정문에서 저택으로 이어진 십자형의 길, 그 길 가운데 얼음 분수가 있었다. 얼음 분수 양쪽으로 늘어선 기괴하거나 아름다운 모양의 얼음 조각상들….

그곳에서 엄마를, 다시 만났다.

엄마는 다른 조각상들과 달리 내 쪽을 향해 있었다. 나는 철창에 매달려, 그 사이로 얼굴을 밀어 넣고 엄마를 바라봤다. 화려한 얼음 분수 옆에 서 있는 엄마는 어떤 조각상보다도 아름다웠다. 엄마는 죽어서 에니아르가 된 게 아니라 원래부터 하늘에서 내려온 천사가 아니었을까?

앞으로 내가 매일 만나러 올게.

엄마를 다시 보게 되어 기뻤다. 그러나 이대로라면 엄마의 손에, 정확히는 손 부분에 입을 맞출 수가 없다. 닿을 수 없다는 걸, 터무니없이 멀다는 걸 알면서도 손을 뻗어 허공을 어루만졌다. 그때였다. 아래쪽에서 으르릉, 소리가 들렸다. 철창에 매달려 있던 나는 바짝 긴장하며 눈을 내리깔았다. 내 앞에 썰매 개보다 큰 늑대가 있었다. 푸른빛이 감도는 기다란 은빛 털, 은늑대였다. 멀리 있는 엄마를 보느라 내 몸집보다 커다란 짐승이 가까이 올 때까지 알지 못했다. 은늑대가 위협하듯 내게 송곳니를 드러냈다. 너무 놀라 철창을 잡은 손을 놓쳤고, 바닥으로 떨어져 엉덩방아를 찧었다. 컹컹, 은늑대가 웃는 사람처럼 짧게 짖으며 겅중거렸다. 뭐야, 비웃는 건가? 나는 바닥에 주저앉은 채 은늑대를 노려봤다. 은늑대도 푸른 불꽃처럼 번득이는 눈으로 나를 마주 봤다. 전설에나 나오던 은늑대를 직접 보다니, 두렵다기보다 신비로웠다. 전설 속에서 은늑대는 사람들에게 해를 입히지 않았다. 오히려 눈

속에 버려진 아이를 구해준다거나, 길잃은 사람을 마을까지 인도해준다거나 하는 이야기가 많았다.

한참이나 눈싸움을 하다가 자리에서 일어났다. 하지만 늑대는 물러서지 않고 나를 보았다. 엄마와의 짧은 만남이 아쉬웠지만, 오늘은 이 정도로 하고 돌아가는 수밖에 없었다. 몇 발자국 가다 뒤를 돌아봤다. 늑대는 여전히 나를 보고 있었다. 녀석의 목에 걸린 가죽 목걸이에서 동그란 은빛 메달이 반짝 빛났다.

다음 날도 학교에서 돌아오는 길에 엄마를 보러 갔다. 은늑대는 경계하며 철창 안쪽을 맴돌았다. 하지만 표정을 보니 나를 공격할 것 같지는 않았다.

"넌 어쩌다 여기에 오게 된 거야?"

나는 늑대를 보며 물었다. 녀석이 내 말을 알아듣는 듯 고개를 갸웃했다.

"저 안에 있는 사람이 우리 엄마야. 넌 좋겠다. 엄마에게 가까이 갈 수 있어서."

손가락으로 엄마를 가리키자 늑대가 얼음 분수를 쳐다봤다. 그리고 고개를 돌려 나를 보더니 어슬렁거리며 다가왔다. 하늘색에 가까운 파란 눈동자가 아주 예뻤다. 나는 장갑을 낀 손을 내밀어 조심스레 쓰다듬었다. 늑대는 으르렁대거나 뒤로 물러나지 않고 느릿느릿 꼬리를 흔들었다. 장갑을 벗고 턱밑을 만져주었다. 눈을 가늘게 뜨고 입맛을 다시던 늑대가, 보답하듯 내 손을 핥았다. 은늑대의 혓바닥은 부드럽고 따뜻했다. 눈부신 털색을 닮은 은빛 메달에는 이름이 새겨져 있었다. 샤샤. 덩치에 어울리지 않는 귀여운 이름이었다.

그날 이후, 샤샤와 나는 친구가 되었다.

오늘도 스미스 저택에 왔다. 나는 엄마를 보는 일을 멈출 수가 없었다. 정문에서 엄마가 있는 곳까지는 너무 멀었고, 스물네 시간 가운데 삼십 분은 너무 짧았으니까. 샤샤를 만나는 것도 좋았다. 샤샤와 말이 통하지는 않았지만 나처럼 외로워한다는 건 알 수 있었다.

엄마를 조금이라도 더 잘 보기 위해 창살에 매달려 있을 때면 엄마가 아니라 내가 갇혀 있는 것 같았다. 눈 언저리와 이마에 가벼운 동상이 걸리기도 했지만 상관없었다. 그 정도는 동상 연고를 바르면 금방 나았다.

눈이 오려는지 하늘이 짙은 회색으로 물들었다. 5분만

더, 라고 생각하는데 뒤에서 자동차 소리가 들렸다. 철문이 서서히 열렸고, 나는 깜짝 놀라 뒤로 물러났다. 지난번 우리 집 앞에서 본 검은 차였다. 미처 도망가기도 전에 차가 멈춰 섰고 안에서 모피를 입은 남자가 내렸다. 스미스 씨였다. 그는 어깨에 은회색 모피를 두르고 있었다. 그의 황록색 눈이 나를 신기하다는 듯 훑어봤다.

"너, 스칼렛의 딸이구나?"

스미스 씨가 물었다.

"네?"

"아, 내가 저 사람에게 지어준 이름이지. 잘 어울리지 않니?"

스미스 씨는 염소수염이 난 뾰족한 턱 끝으로 엄마를 가리켰다.

"우리 엄마 이름은 아나이스에요."

"미안하지만 이젠 아니란다."

스미스 씨가 어깨를 으쓱하며 말했다. 나는 이 남자가 마음에 들지 않았다. 목구멍에서 신물이 넘어올 정도로 싫었다. 엄마를 데려간 것도 모자라 이름까지 멋대로 바꾸다니, 말도 안 되는 일이다. 애당초 엄마를 이 남자에게 넘겨준 것부터가 말도 안 되는 일이었다. 퉤, 나는 바닥에 침을 뱉으며 신발 밑창의 스케이트 날을 세웠다. 그리고 뒤돌아 언덕을 내려갔다. 스미스 씨가 내 뒤에 대고 큰소리로 외쳤다.

"엄마를 또 만나러 오렴! 언제든 환영이란다!"

집에 돌아오니 현관 앞에 아빠의 낡은 신발이 있었다. 공장장이 되고 나서는 매일 밤늦게 들어왔는데 웬일로 일찍 왔을까? 문을 열자 고소한 냄새가 났다. 아빠가 주방에서 오믈렛을 만들고 있었다. 달걀이라니, 생일 같은 특별한 날이 아니면 상상도 못 했던 음식이다. 장갑과 모자를 벗는 사이 침을 몇 번이나 삼켰는지 모른다.

"카야 왔어? 배고프지? 밥 먹자."

"웬일이야? 이렇게 일찍 오고."

나는 퉁명스럽게 말하면서도 순순히 테이블에 앉았다.

아빠에 대한 화가 완전히 풀리지는 않았지만, 오랜만에 일찍 온 아빠를 보니 반가운 마음이 들었다.

"오늘도 스미스 씨 저택에 갔었어?"

"어? 어."

"스미스 씨가 너한테 미안하대."

"뭐가?"

"너한테서 엄마를 빼앗아간 것 같다고."

"그럼 돌려달라고 해."

돌려달라니, 내가 말해놓고도 엄마를 물건 취급한 것 같아 기분이 나빴다. 정작 엄마를 물건 취급하는 인간은 따로 있는데.

"그건… 아빠가 미안하다."

아빠는 불을 조절하는 척 내 눈을 피했다. 달걀이 부풀어 올랐고, 아빠가 두 개의 접시에 오믈렛을 담았다. 노란 오믈렛이 아빠와 내 앞에 놓였다.

"먹자."

엄마가 없는 식탁에서는 접시에 포크 부딪치는 소리만

들렸다. 아빠는 오믈렛을 입으로 가져가며 간혹 내 눈치를 살폈다. 나도 눈치 보듯 아빠의 얼굴을 힐끔거렸다. 아빠의 검은 턱수염 사이에는 희끗희끗한 수염이 섞여 있었다. 초점을 잃어버린 눈, 아래로 쳐진 입꼬리, 푹 꺼진 볼. 아빠는 소중한 걸 빼앗긴 사람의 얼굴을 하고 있었다. 내가 거울을 볼 때마다 보는 얼굴과 꼭 닮은.

반달 모양의 오믈렛이 작은 부채꼴이 되었을 때, 아빠가 머뭇머뭇 입을 열었다.

"내일부터 출장을 다녀와야 할 것 같아."

"출장을? 어디로?"

"얼음의 성으로."

"검은 숲을 지나서?"

"응."

마을 사람들은 여전히 검은 숲을 죽음의 숲이라 불렀다. 철도가 놓이고 석탄을 캐내며 많이 개발되었지만, 적지 않은 사냥꾼이 그곳에 들어갔다가 목숨을 잃었다. 실라네 할아버지는 다리 한 쪽이 없어 의족을 하고 다녔는데, 검은 숲에서 만난 곰에게 습격을 당해서였다. 검은 숲을 지난다니… 아빠가 돌아오지 못하면 어쩌나, 덜컥 겁이 났다.

"언제 돌아오는데?"

"다음 주 월요일에."

"일주일씩이나? 주말에도 일하는 거야?"

"그렇기도 하고… 화물열차가 짝숫날에만 다니니까."

"갑자기 왜…."

"얼음의 성에 우리 공장의 배양육을 파는 시장을 만들려고 하거든. 잘 되면 식당도 열고. 아빠가 없는 동안 라우라 아줌마가 돌봐줄 거야."

"나도 같이 가면 안 돼?"

"학교는 어쩌고?"

"선생님께 말씀드리면 이해해 줄 거야."

"그렇다고 해도 우리 꼬맹이가 갈 데가 아니네요."

"나 이제 꼬맹이 아니거든."

며칠 전부터 가슴이 단단해지고 몽우리가 잡혔다. 또

래 중에는 생리를 시작한 아이들도 꽤 있다. 올해 초만 하더라도 초경을 하면 파티를 열자고 엄마랑 약속했는데, 엄마 없이 초경을 맞이해야 한다니 서글펐다. 아빠가 또 마른기침을 했다.

"의원에 가봤어?"

"왜?"

"아빠 기침, 오래됐잖아."

"괜찮아. 목이 좀 건조해서 그래."

아빠가 기다란 팔을 뻗어 내 머리를 쓰다듬어주었다. 추운 날씨 탓에 우리 마을 사람들은 기침을 달고 산다. 그래서 엄마도 병을 키웠던 거고.

"우리 딸이 아빠 걱정도 해주고, 다 컸네."

괜히 쑥스러워진 나는 방으로 들어와버렸다. 용서할 수 없는 아빠지만 그래도 무슨 일이 생기는 건 싫었다.

엄마, 아빠가 무사히 돌아오게 해줘.

잠자리에 들기 전, 엄마를 생각하며 기도했다. 엄마는 우리를 지켜주는 에니아르니까.

❄

"밥 잘 챙겨 먹고 있어. 무슨 일 있으면 라우라 아줌마한테 얘기하고."

무거운 배낭을 등에 멘 아빠는 몇 번이나 같은 말을 반복했다. 결국 내가 아빠의 팔을 잡고 집 밖으로 나갔다. 아침인데도 해가 구름에 가려 밤처럼 어두웠다.

"혼자 있다고 너무 늦게 자지 말고."

"알았어. 아빠도 조심해."

"고맙다, 카야."

아빠는 내 이마에 입을 맞추고 공장을 향해 걸음을 옮겼다. 공장 뒤에서 대기하는 화물열차를 타고 얼음의 성에 가는 것이다. 아빠는 자꾸 뒤를 돌아보며 들어가라는 듯 손짓했다. 하지만 나는 아빠의 뒷모습이 작은 점이 될 때까지 조금도 움직일 수 없었다. 고작 일주일이잖아. 아무 일 없을 거야.

수업이 끝나고 스미스 저택에 갔다. 언제나 굳게 닫혀 있던 저택의 문이 조금 열려 있었다. 저택 안에 사람은 보이지 않았다. 샤샤는 어쩐 일인지 정원 구석에 매여 있었다.

나는 가만히 저택을 바라봤다. 검은 돌로 지어진 저택은 하늘을 찌를 듯 뾰족이 솟은 첨탑을 중심으로 좌우대칭을 이루고 있었다. 컹, 샤샤가 어서 들어오라는 듯 꼬리를 치며 짖었다.

잠깐만 들어갔다 나오면 되겠지. 안으로 들어가자 샤샤가 신이 나서 줄에 묶인 채 뛰어올랐다. 쉿, 샤샤를 진정시키고 엄마에게 다가갔다. 한 발 한 발 다가갈 때마다 작게만 보이던 엄마가 점점 커졌다. 가까이서 본 엄마는, 아름다우면서도 어딘가 슬퍼 보였다. 울컥 눈물이 솟으려 했지만 꾹 눌렀다. 나는 얼음 관을 끌어안았다.

"엄마, 나야. 내가 왔어."

냉기가 온몸으로 스며들었지만 엄마를 놓지 않았다. 동상에 걸린다고 해도 상관없었다. 이곳에 홀로 서 있는 엄마를, 언제까지나 안아주고 싶었다.

자박자박, 등 뒤에서 눈을 밟는 소리가 들렸다. 스미스 씨였다. 털이 풍성한 가운을 걸친 그는 검은 숲에 사는 포악한 짐승처럼 보였다. 나는 엄마에게서 떨어지며 변명했다.

"무, 문이 열려 있길래 그만…."

"괜찮아. 널 꾸짖을 생각은 없어."

스미스 씨가 내 앞에 멈춰섰다. 그만 가보겠다고 말하려는데,

"미안하다. 네 말대로 아나이스라고 부르기로 했단다."

그가 엄마를 올려다보며 말했다. 지난번과 사뭇 다른 태도였다. 하긴 스칼렛은 엄마에게 어울리는 이름이 아니

었다.

"정말요?"

"정말이고 말고. 그러니 우리 화해하면 어떨까?"

스미스 씨에 대한 반감은 조금도 줄어들지 않았지만, 엄마가 이름을 되찾게 되어 기뻤다.

"추울 텐데 안으로 들어오렴."

"감사하지만 전 여기서 엄마를 볼게요."

"안에서도 엄마를 볼 수 있단다."

스미스 씨가 뾰족한 턱으로 저택을 가리키며 말했다. 자그마한 2층의 창문과 달리 1층에는 커다란 통유리창이 뚫려 있었다. 마을 어느 집의 창문도 이렇게 크지는 않다. 큰 창으로는 훨씬 쉽게 추위가 스며들 테니까. 스미스 씨는 대답을 기다리는 듯 나를 빤히 내려다봤다.

"그래도 엄마의 뒷모습만 보고 싶지는 않아요."

"앞모습을 볼 수 있다면 괜찮겠니?"

스미스 씨가 친절한 미소를 머금고 말했다.

"거실에서 앞모습을… 볼 수 있다고요? 어떻게요?"

"들어가서 직접 확인해 보려무나."

어떻게 엄마의 앞모습을 볼 수 있다는 걸까? 나는 저택에 들어가보기로 했다. 차갑고 뻣뻣한 몸을 녹이고 싶은 마음도 있었지만, 무엇보다 호기심이 나를 부추겼다. 스미스 씨의 말대로 안에 들어가서 확인한 뒤 엄마의 얼굴을 볼 수 없다면 곧바로 나올 생각이었다.

저택의 입구, 현관 아치에는 가고일 석상이 앉아 있었다. 아래를 내려다보는 괴물의 얼굴에는 코가 없이 콧구멍만 있었다. 원래부터 없었을까, 세월이 흐르는 동안 눈보라와 세찬 바람에 조금씩 깎여 나갔을까? 스미스 씨가 나무로 된 무거운 문을 밀자, 문에서 끼이익, 하는 소리가 났다. 마치 가고일이 내지르는 비명 같아 몸이 움츠러들었다.

가장 먼저 눈에 띈 건 2층으로 올라가는 계단이었다. 나무로 된 계단에는 진보랏빛 융단이 깔려 있었고, 천장에는 거대한 샹들리에가 달려 있었다. 갑자기 따뜻한 곳에 들어온 탓인지 얼굴이며 손가락, 발가락 끝이 간질거렸다. 벽난로에서는 타닥타닥 소리를 내며 장작이 타고 있었다. 집 안에서는 단순히 장작 타는 냄새라고만은 할 수 없는, 묘한 냄새가 났다. 매캐하고 노릿한 냄새…. 그 냄새의 정체를 알아내는 건 어렵지 않았다. 벽에는 박제된 순록의 머리가, 바닥에는 붉은 곰 가죽이 깔려 있었다. 장식장 위의 은늑대를 보자 샤샤가 떠올라 얼굴이 일그러졌다.

"멋있지 않니? 저건 샤샤의 어미란다. 샤샤와 달리 사나운 녀석이었지."

스미스 씨는 샤샤의 어미를 길들이느라 몇 명의 조련사가 다쳤는지 자랑하듯 말했다.

"샤샤가 태어나고 나서 더욱 사나워져서 죽일 수밖에 없었어."

갓 태어난 새끼를 두고 죽을 때 얼마나 가슴이 아팠을까. 나는 샤샤의 어미에게서 눈을 돌리며, 곰 가죽을 밟지 않으려 애쓰며 창가로 갔다. 당연히 엄마의 뒷모습만 보였다. 속았다는 기분에 스미스 씨를 노려보았다.

"이런, 남쪽 사람처럼 성미가 급하시군요. 꼬마 아가씨."

스미스 씨가 벽난로 위에 있는 네모난 상자를 집어 들었다. 단순한 상자가 아니라 버튼이 달린 원격조종기였다. 책에서 본 적은 있지만 실물을 본 건 처음이었다. 그가 원격조종기의 버튼을 누르자 엄마의 얼음 관이 서서히 회전했다. 우와, 입에서 감탄사가 튀어나왔다. 엄마의 얼굴이 우리 쪽을 향했을 때 스미스 씨가 버튼을 한 번 더 눌렀다. 회전하던 얼음 관이 멈췄다. 나는 유리창에 딱 달라붙어 엄마를 바라봤다. 스미스 씨는 껄껄 웃더니 양털 러그가 깔린 푹신한 가죽 소파에 가서 앉았다.

"알마, 간식 좀 가져와."

스미스 씨가 계단 뒤의 복도를 향해 말했다. 잠시 후 키가 크고 마른 언니가 차와 쿠키를 가져다주었다. 생김새를 보니 외지인 같지는 않았다. 감사의 표시로 미소를 지었지만 언니는 무뚝뚝한 얼굴로 돌아섰다. 어쩐지 화가 난 사람처럼 보였다. 내가 저택에 들어온 게 싫은 걸까?

나는 엷은 노란색이 감도는 뜨거운 차를 한 모금 마셨다. 어찌나 새콤한지 입안에서 침이 쏟아져 귀가 뻐근했다. 얼른 쿠키를 한입 베어 물었다. 갓 구워낸 쿠키는 말랑말랑하고 따뜻했다.

"아빠가 출장 가서 쓸쓸하지?"

갑작스러운 물음에 놀랐지만 이내 고개를 끄덕였다. 스미스 씨는 공장을 운영하는 사람이니 당연히 아빠가 출장 간 걸 알겠지.

"엄마가 보고 싶으면 언제든지 놀러 오렴."

스미스 씨가 소파에 몸을 기댄 채 말했다. 나를 바라보는 황록색 눈동자가 기름을 바른 듯 번들거렸다.

저택에서 나와 세찬 바람을 맞으며 돌아갈 때면 다시는 이 언덕을 올라오지 않겠다고 다짐했다. 그러나 다음 날 학교에서는 어김없이 언덕 위의 저택으로 눈길이 쏠렸다. 그곳에 있는 엄마가 보고 싶어지고… 나는 또 스미스 저택에 갔다. 다음 날도, 그다음 날도. 어쩔 수 없었다. 스미스 씨를 싫어하는 마음보다 엄마를 보고 싶은 마음이 더 컸으니까.

스미스 씨는 내가 엄마를 잘 볼 수 있도록 창가에 흔들의자를 놓아두었다. 나는 따뜻한 벽난로를 등지고 흔들의자에 앉아 엄마를 바라보고, 간식과 마실 것들을 대접

받았다. 남쪽 지방에서 온, 이름을 알 수 없는 과일 절임도 먹었다. 그것들은 사탕보다 더 달콤하게 입안을 적셨다.

맛있는 간식을 먹으며 엄마를 보는 시간은… 행복했다. 스미스 씨는 엄마를 빼앗아간 나쁜 사람인데 그런 사람의 집에서 행복하다고 느껴도 되는 걸까?

그렇다고 스미스 씨에 대한 증오가 사라진 건 아니었다. 그는 내가 엄마를 보고 있을 때, 한 발 떨어진 곳에 서서 파이프 담배를 피우며 나를 바라봤다. 황록색 눈동자를 가늘게 뜨고 미술품을 감상하는 사람처럼. 어쩌다 그와 눈이 마주치면 소름이 돋았다. 그런 식으로 쳐다보지 말라고 말해야 하는데, 싫다는 말이 입 밖으로 나오지 않았다. 고작 쳐다보는 것뿐인데 공연히 그의 신경을 거슬러 엄마를 만나러 오지 못하게 될까 봐 두려웠다.

"카야, 아빠도 없는데 너무 늦게 다니는 거 아니니? 요즘 눈보라도 많이 치는데."

라우라 아줌마가 집에 돌아온 나를 보며 말했다. 주방에서는 닭고기 수프 냄새가 났다.

"걱정 마세요. 스미스 씨 댁에서 엄마를 보다 오는 거니까요."

"이렇게 오래 있으면 춥지 않아?"

"괜찮아요. 스미스 저택에 들어가서 보거든요."

나도 모르게 말하고 아차 싶었다. 아줌마의 표정이 무서울 정도로 굳어졌기 때문이다.

"저택 안에 들어간다고?"

"네, 스미스 씨가 저한테 친절하게 대해주세요. 우리 엄마를 데려가서 미안하다고."

나는 최대한 아무렇지도 않은 척 말했다.

"카야, 거기 가지 않는 게 좋을 것 같아."

"아빠가 가도 된다고 했어요."

"나도 알아. 하지만 매즈는 밖에서만 잠깐씩 보라고 했을 텐데."

라우라 아줌마의 목소리는 평소와 달리 잔뜩 가라앉

아 있었다. 나는 건성으로 알겠다고 대답했다.

나를 물끄러미 바라보던 아줌마가 내 앞에 쭈그리고 앉았다. 그리고 내 손을 감싸 쥐었다.

"카야, 아줌마랑 약속해. 아빠가 돌아올 때까지는 스미스 저택에 가지 마."

"그럴게요."

나는 고개를 끄덕였다. 라우라 아줌마는 내 손등을 두어 번 두드리고 나를 꼭 안아주었다. 불쌍한 것. 아줌마가 옷걸이에 걸어둔 모자를 쓰며 작은 소리로 중얼거렸다.

라우라 아줌마가 나가고, 나는 아빠 방으로 들어갔다. 방안에는 텅 빈 침대만 덩그러니 놓여 있었다. 예전에는 무서운 꿈을 꾸고 나면 베개를 들고 와 엄마 아빠 사이로 파고들곤 했는데….

나는 침대 가장자리에 누웠다. 그리고 아빠 베개의 냄새를 맡았다. 아빠가 보고 싶었다. 울음이 터졌지만 얼른 그쳤다. 길게 울 이유는 없었다. 금, 토, 일, 세 밤만 자고 나면 아빠가 돌아올 테니까.

❄

라우라 아줌마와의 약속을 어기는 게 마음에 걸렸지만, 학교를 마치면 발걸음이 저절로 저택으로 향했다. 언덕을 올라가는 일도 예전만큼 힘들지는 않았다. 스미스 씨는 오늘따라 유난히 나를 반겼다.

"자, 꼬마 아가씨를 위한 선물이란다."

그가 반짝이는 물건을 내밀었다. 안경에 금빛 원통 두 개를 붙여놓은 모양이었다.

"이걸 눈에 대고 보려무나. 엄마가 훨씬 잘 보일 거다."

"이게 뭔데요?"

"쌍안경이야. 이걸로 보면 멀리 있는 것도 가깝게 보이지."

평소처럼 의자에 앉지 않고 창가에 바짝 붙어 서서 쌍안경을 눈에 가져다 댔다. 정원 한가운데 있어 손톱만 하게 보이던 엄마 얼굴이 눈앞에 있는 것처럼 선명하고 크게 보였다. 어찌나 신기한지 손을 뻗어 엄마를 만지려고 하다가 내 손이 커다랗게 보이는 바람에 깜짝 놀랐다. 옆에 있던 스미스 씨가 웃음을 터트리며 말했다.

"카야, 내게 좋은 생각이 있단다."

"뭔데요?"

"너도 아나이스처럼 머리를 붉게 물들이는 거야."

"염색하라는 말씀이세요? 제가요?"

"아니, 물론 알마가 도와줄 거야. 알마!"

알마 언니는 언제나처럼 무뚝뚝한 얼굴로 나타났다. 나는 염색을 해본 적이 없지만 우리 반에는 염색하는 아이들이 꽤 있다.

"좋아요."

"그래, 잘 생각했다."

스미스 씨가 만족스러운 듯 고개를 끄덕였다. 나는 알마 언니를 따라 욕실로 갔다. 언니가 내 머리카락에 하얀 거품을 발랐다. 염색약에서는 코를 톡 쏘는 지독한 냄새가 났다.

"언니, 고마워요."

내 말에 알마 언니가 빗질하던 손을 멈추었다.

"뭐가?"

"항상 맛있는 간식도 주고…."

"그건 스미스 씨가 주는 거야."

알마 언니가 쌀쌀맞게 말했다. 언니는 정말 내가 싫은 걸까? 나는 언니가 마음에 드는데….

"언니는 언제부터 여기서 일했어요?"

"나는 여기서 일한 지 몇 달밖에 안 됐어."

"어떻게 일하게 됐는데요?"

"넌 참 궁금한 게 많은 애구나."

"난 언니랑 친해지고 싶거든요."

내가 말하고도 놀랐다. 평상시 나는 이런 말을 먼저 해

본 적이 없다. 쌍꺼풀이 없는 큰 눈으로 물끄러미 나를 보던 알마 언니가 피식, 웃었다. 그리고 내 머리를 빗기며 자기 이야기를 해주었다.

알마 언니는 저택에서 일한 지 반년 정도 되었다. 스미스 씨의 할아버지가 공장을 세우고 운영했듯 알마 언니의 할머니는 저택의 집안일을 도맡아 했다. 스미스 씨의 아버지처럼 언니의 엄마도 대를 이어 저택을 관리했다. 별일 없었다면 알마 언니의 엄마가 십수 년은 더 일했겠지만, 지난해 허리를 다치는 바람에 언니가 일하게 된 것이다. 언니는 공부를 더 하고 싶었는데도 엄마와 할머니의 기대에 어긋나지 않게 열심히 일했다.

"우리 엄마와 할머니는 스미스 저택에서 일하는 걸 자랑스럽게 여겼어. 넓은 저택에서 일하며 월급도 넉넉히 받았으니까. 덕분에 나도 추위라곤 모르고 지낼 수 있었지. 너도 알겠지만, 우리 마을에서는 드문 일이잖아. 이제는 내가 엄마와 할머니에게 보답해야지."

"이렇게 넓은 저택에 일하는 사람이 언니밖에 없어요?"

"그럴 리가 있겠어?"

"저는 언니 말고 다른 사람을 본 적이 없는데요?"

"스미스 씨는 사람들이 집 안에 있는 걸 싫어하거든. 그래서 스미스 씨가 없을 때만 각자 맡은 구역을 청소하거나 하는 거야. 앞에서는 보이지 않지만 저택 뒤쪽으로 가면 일하는 사람들의 숙소가 있어."

"언니도 거기에서 자요?"

"아니, 난 다락방에서 자."

알마 언니가 천장을 가리키며 말했다.

"그렇게 쓸쓸한 표정 짓지 마. 가끔은 나도 엄마와 할머니를 만나러 가니까."

"스미스 씨는 가족이 없나요? 형제라든가, 친척이라도요."

"글쎄, 그건 나도 잘 모르겠네."

알마 언니는 묵묵히 내 머리를 매만졌다. 나는 스미스 씨가 어떤 사람일지 궁금했다. 그에게 아내나 자식이 없는 것쯤은 나도 알 수 있었다. 한 번도 본 적이 없을 뿐만 아니라, 여자나 아이의 흔적은 집 안 어디서도 찾아볼 수 없었으니까. 스미스 씨는 어디에서 왔을까? 머리카락이나 눈동자 색으로 봐서는 우리 엄마처럼 남쪽에서 왔을 것이다. 그건 그렇고, 집 안에 사람이 있는 걸 싫어한다면서 나를 초대하는 이유는 뭘까?

문득 얼음 관 밑에 달린 회전 장치가 생각났다. 스미스 씨는 내가 없을 때도 거실에서 엄마를 보고 있을까? 그가 쌍안경을 들고 엄마를 보는 광경을 상상하니 팔뚝에 소름이 돋았다.

"스미스 씨는 우리 엄마를 자주 보나요?"

"카야, 난 그런 이야기를 하기 위해 고용되진 않았어."

"네?"

"주인의 사생활에 대해 함부로 말할 수는 없다고."

알마 언니는 입술이 보이지 않을 정도로 입을 꼭 다물었다. 나도 더는 질문하지 않았다. 조금 가까워졌던 마음의 거리가 다시금 멀어졌다. 침묵 속에 어색한 시간이 흐르고 언니가 내 머리를 감겨주었다. 엄마처럼 부드럽고 다

정한 손길은 아니었지만 엄마 말고 누군가 내 머리를 감겨준 건 처음이라 코끝이 시큰했다. 숨을 크게 들이쉬니 다행스럽게도 눈물이 안으로 쑥 들어갔다.

"자, 거울 볼래?"

알마 언니가 나를 거울 앞으로 이끌었다. 테두리에 황동 장식이 된 값비싼 거울이었다. 언니가 내 머리를 감쌌던 수건을 풀었다. 거울 속의 나는, 완전히 달라 보였다. 검은 머리였을 때는 아빠랑 닮았다고 생각했는데, 머리카락을 붉게 물들이니 엄마를 더 닮은 것 같았다.

"마음에 들어요. 언니, 고맙습니다."

"카야…."

알마 언니는 무언가를 말하려던 사람처럼 입술을 달싹이다가 숨을 삼켰다. 그러고는 수납장에서 수건을 꺼내 젖은 머리를 꼼꼼히 말려 주었다.

"카야! 엄마를 많이 닮았구나!"

스미스 씨가 거실로 나온 나를 보며 감탄했다. 시선은

붉게 물든 내 머리카락에 고정되어 있었다.

"이렇게 아름다운 꼬마 숙녀에게 어울리는 옷을 입혀 줘야지. 알마, 부탁해."

나는 알마 언니를 따라 2층으로 갔다. 매일 보기만 했던 계단을 올라가자 기다란 복도 양쪽에 수많은 방이 있었다. 알마 언니가 왼쪽 세 번째 방문을 열었다.

"들어와."

방 안은 기이한 무늬가 새겨진 옷장과 드레스를 입은 목 없는 마네킹으로 가득 차 있었다. 알마 언니가 옷장 문을 차례로 열어젖혔다. 옷장 안에는 드레스가 백 벌은 있을 것 같았다. 전부 나 같은 아이들이 입을 만한 크기였다. 누구를 위한 옷들일까? 궁금했지만 물어보지 않았다. 어차피 알마 언니는 대답해주지 않을 것이다.

색깔별로, 모양별로 걸려 있는 드레스는 정말 예뻤지만 갖고 싶다는 생각은 들지 않았다. 나는 드레스를 좋아하지 않는다. 저렇게 치렁치렁한 옷을 입고서는 마음껏 스케이트를 탈 수 없을 테니까.

"왜? 마음에 드는 게 없니?"

멍하니 드레스를 보고 있는데 알마 언니가 내 앞에 초록색 드레스를 갖다 대며 물었다. 짙은 녹색의 벨벳 드레스는 붉은 머리와 잘 어울렸다.

"이걸로 입어볼게요."

알마 언니는 내게 드레스를 입혀주고, 머리에 녹색 리본까지 매어주었다. 잠시나마 동화 속 주인공이 된 기분이었지만, 계단을 내려올 때는 치맛단이 자꾸 밟혀 몇 번이나 넘어질 뻔했다.

"조심해야지."

알마 언니가 드레스 자락을 잡아주었다. 스미스 씨의 초상화가 걸린 계단참을 지날 때였다.

"잠깐, 거기 서 보렴."

스미스 씨가 우리를 가리키며 검지를 까딱거렸다. 알마 언니와 나는 그대로 멈춰 섰다. 그는 턱수염을 쓰다듬으며 나를 훑어봤다. 나는 그 시선을 피하고 싶어 뒷걸음질 쳤다.

"흠, 이건 아니야."

스미스 씨는 고개를 저으며 중얼거렸다.

"초록색 드레스라니, 센스 없긴."

스미스 씨가 혀를 차자 알마 언니의 얼굴이 창백해졌다.

"그럼, 어떤 걸 입힐까요?"

"그걸 꼭 말해줘야 알겠어?"

알마 언니를 나무라는 스미스 씨의 시선은 어느새 창밖의 엄마를 향해 있었다.

"아, 알겠습니다. 주인님!"

언니는 화들짝 놀라며 내 손을 잡아끌었다. 나는 알마 언니에게 이끌려 다시 위층으로 올라갔다. 언니는 옷장에서 하얀 드레스를 잔뜩 꺼내 들고 내게 골라보라고 했다. 빨간 머리에 하얀 드레스라면 엄마와 같은 차림인데…. 엄마와 닮은 내 모습을 보는 건 좋지만, 이런 식으로는 아니다.

"싫어요."

"뭐?"

"드레스는 입지 않을래요. 오늘은 이만 갈게요."

나는 벗어두었던 바지와 스웨터를 입고 조끼와 낡은 코트를 겹쳐 입었다. 알마 언니는 안절부절못하면서도 나를 잡지 않았다. 서둘러 아래층으로 내려왔다. 스미스 씨가 내게 말을 걸었지만 무시하고 저택을 나왔다. 라우라 아줌마랑 한 약속을 지키지 않은 게 후회됐다. 두 번 다시 여기 오지 않을 거야.

❄

집 안이 싸늘했다. 오늘은 라우라 아줌마가 안 왔나 보다. 저택에서 서둘러 나오느라 모자를 쓰지 않았더니 귀가 떨어져 나갈 것처럼 아팠다. 나는 귓바퀴에 동상 연고를 바르고, 닭고기 수프를 데워 먹으러 주방으로 갔다. 테이블 위에 아줌마의 메모가 놓여 있었다.

-할머니가 아파서 병원에 간다. 며칠 입원하셔야 할 것 같아. 냉장고 안에 먹을 거 넣어놨으니 잘 챙겨 먹어.

창문으로 라우라 아줌마네 집을 내다봤다. 불 꺼진 집 앞에는 얼음 관 속의 할아버지만 우두커니 서 있었다. 예전에 라우라 아줌마네 집 앞에는 관이 두 개였다. 라우라 아줌마의 할머니, 그러니까 할아버지의 어머니도 있었다. 할머니의 얼음 관은 작년 이맘때 마을 뒤편에 있는 망자의 동굴로 옮겨졌다. 죽은 지 60년이 지난 사람들은 망자의 동굴로 옮겨진다. 촌장과 동굴지기를 제외하고 망자의 동굴에 들어가본 사람은 없다. 망자의 동굴이 얼마나 깊은지, 얼마나 많은 얼음 관이 있는지 아무도 알지 못한다.

얼음 관이, 사라지기 때문이다.

때가 되면 얼음 관은 눈의 결정처럼 잘게 부서져 하늘로 올라간다.

어떤 이는 우리 마을에 전해오는 동굴 전설의 하나일 뿐이라고 한다. 나는 전설이 아니란 걸 안다.

내가 일곱 살 때였다. 라우라 아줌마네 할머니가 '동굴의 노래'에 대해 말해주었다. 12월에 동굴에서 노랫소리가 들리면 이듬해는 다른 해보다 눈이 덜 온다는 이야기였다. 그해 12월, 나는 엄마를 졸라 동굴 근처에 가서 귀를 기울이곤 했다. 추위를 피할 수 있는 원뿔 모양의 천막 속에서 엄마와 따뜻한 차를 마시며 노랫소리가 들리기를 기다렸다.

그리고 12월의 마지막 날이 되었다. 나는 기필코 노랫소리를 듣겠다며 날이 어두워질 때까지 버티고 있었다.

"카야, 집에 가자. 내년에는 눈이 많이 오려나 보다."

엄마가 천막을 접고 있을 때였다. 우리는 눈의 결정을 보았다. 동굴 안에서 나오는 반짝이는 흰색의, 은빛에 가까운 눈의 소용돌이가 하늘로 올라가는 광경을.

"누군가의 에니아르가 하늘로 돌아가나 봐."

벅찬 얼굴로 내게 속삭이는 엄마의 눈동자가 눈의 결정처럼 아름답게 빛났다. 우리는 손을 꼭 잡고 소용돌이가 사라져 간 밤하늘을 올려다봤다.

그날을 떠올리자 엄마가 보고 싶어 견딜 수가 없었다. 하지만 스미스 저택에는 두 번 다시 가고 싶지 않았다. 냉장고에서 샌드위치를 꺼내 무슨 맛인지도 모르고 먹었다. 침대로 가 이불을 뒤집어써도 추위는 가시지 않았다. 샌드위치가 뱃속에서 딱딱하게 얼어붙는 느낌이었다. 보일러 온도를 올릴까 생각하면서도 선뜻 이불 밖으로 나갈 수가 없었다.

봄이 왔어. 봄이야. 저 빛나는 태양을 봐. 저 꽃들은 또 어떻고.

사람들이 속삭이는 소리가 들렸다.

나는 무거운 이불을 걷어내고 밖으로 나갔다.

따뜻한 바람이 나를 감쌌다.

햇살이 어찌나 눈부신지 눈을 가늘게 떠야 했다. 온 세상이 가로로 길쭉하게 보였다.

파란 하늘과 연두색 잔디, 노랑나비와 보라색 꽃. 세상이 색을 입고 있었다!

흰색과 회색으로 뒤덮인 얼음 왕국이 아닌 알록달록한 색채를 가진 세상이었다.

언덕 위에서 엄마가 내려왔다. 엄마의 긴 머리카락이 하늘을 배경으로 넘실거렸다. 햇살 한 조각을 끊어다 펼쳐놓은 듯한 주홍색 머리카락—

엄마!

나는 엄마를 향해 달려갔다. 그러다 얼핏 깨달았다. 엄마는 죽었는데… 얼음 관 속에 있는데….

그 순간 세상이 검게 물들어갔다. 검은 나비, 검은 꽃, 검은 하늘, 검은 잔디.

오직 엄마만이 흰 드레스를 입고 나를 향해 손을 흔들며 무언가를 외쳤다. 천둥소리 때문에 엄마의 목소리가 들리지 않았다. 나는 엄마의 입술을 바라봤다. 엄마가 무슨 말을 하는지 입술 모양으로 읽어냈다.

카야, 오지 마. 여기 오지 마.

엄마를 부르는 내 목소리에 놀라 눈을 떴다. 꿈이었다. 등은 땀으로 흠뻑 젖어 있었다. 나는 주방으로 가서 차가운 물을 마셨다. 에취, 재채기가 나왔다. 코가 찡했고 눈물이 찔끔 나왔다. 오기로 차가운 물을 또 마셨다. 재채기는 나오지 않았지만 눈물은 멈출 줄 모르고 흘러내렸다.

토요일 오후, 아무도 없는 집에 혼자 있었다. 엄마 생각을 하지 않으려 애를 쓰면 쓸수록 엄마가 보고 싶어졌다. 다시는 스미스 저택에 가지 않기로 마음먹었는데…. 더는 버틸 수가 없었다.

그래, 집에 들어가지 말고 밖에서만 보다가 오면 돼.

나는 습관처럼 얼음 언덕을 올라갔다. 이제는 눈을 감고도 스미스 저택에 찾아갈 수 있었다.

언덕 위의 저택에 다다랐을 때, 입에서 하얀 한숨이 새어나왔다. 엄마는 내게서 등을 돌리고 서 있었다. 눈썹 위에 손차양을 만들고 창문에 비치는 엄마의 모습을 보려

했지만 소용없었다. 컹, 샤샤가 반갑다며 달려와 철문 사이로 혓바닥을 날름거렸다. 문 앞에 쪼그리고 앉아 샤샤의 콧잔등을 쓰다듬어주는데, 둔중한 소리를 내며 철문이 열렸다. 샤샤가 짖는 소리에 내가 온 걸 알아차린 모양이다.

그래도 난 들어가지 않을 거야.

아쉽지만 돌아서려는데, 집안에서 스미스 씨가 아닌 알마 언니가 나왔다. 언니에게는 인사라도 해야 할 것 같아 기다렸다.

"카야, 추운데 안으로 들어와."

"싫어요. 이제 안 들어갈 거예요."

"스미스 씨 때문이라면…. 지금 안 계셔."

"네?"

"주말이라 얼음 낚시하러 가셨거든."

케이프도 두르지 않은 알마 언니는 몹시 추운 듯 어깨를 움츠리고 손을 비볐다. 스미스 씨가 없다면 잠깐 들어갔다 와도 되지 않을까?

나는 언니를 따라 집으로 들어갔다. 그리고 언니가 내어주는 간식을 먹으며 엄마를 마음껏 보았다. 오늘따라 홍차에서 유난히 쓴맛이 났지만 달콤한 마카롱과 함께 먹으니 괜찮았다.

"마카롱 좀 더 줄까?"

"아뇨. 알마 언니, 고마워요."

"미안해, 카야. 미안하다."

나는 알마 언니가 지난번 일 때문에 사과하는 줄 알았다.

"괜찮아요. 언니는 스미스 씨가 시키는 대로 한 것뿐이잖아요."

"맞아, 카야. 나도 어쩔 수가 없었어."

언니의 눈시울이 진분홍색으로 물들었다. 그렇게까지 미안해하지 않아도 되는데. 언니도 나를 싫어하지 않는 것 같아 마음이 놓였다.

알마 언니는 내 볼에 살짝 입맞춤을 해주더니, 급한 일이 있는 사람처럼 주방으로 갔다. 나는 신발을 벗고 흔들의자에 올라앉아 엄마를 보았다.

엄마, 기다려. 내가 꼭 엄마를 여기서 데리고 나갈 테니까….

벽난로의 온기 때문이었을까. 머리가 어지럽고 자꾸 눈이 감겼다.

추워. 왜 이렇게 춥지?

축축하고 차가운 느낌, 실라와 썰매를 타다 언덕 아래 호수에 빠졌을 때처럼 몸이 꽁꽁 얼어버린 느낌이었다. 속눈썹까지 얼어붙어 잘 떠지지 않는 눈꺼풀을 억지로 들어 올렸다.

어두침침한 조명, 창문이 없는 회색 벽, 퀴퀴하고 비릿한 냄새. 지하 창고였다. 창고 안에는 나를 둘러싸듯 짐승들이 늘어서 있었다. 양팔을 치켜든 곰, 커다란 뿔을 가진 산양, 등을 곧추세운 스라소니… 그것들은 전부 얼음 속에 갇힌 채, 얼음 박제가 되어 있었다.

거실에서 엄마를 보다 잠들었는데… 왜 이런 곳에….

옆으로 눈을 돌리던 나는 겁에 질려 숨을 삼켰다. 너무 무서워 비명조차 지를 수 없었다.

나는, 얼음으로 만든 관 속에 누워 있었다. 하얀 드레스를 입고, 맨발로.

얼음 관 속의 내 몸은 허리 아래로 반쯤 얼어붙어 있었다. 발치에 늘어선 양동이들…. 설마, 나를 산 채로 얼음 관에 가두려는 거야? 그제야 입에서 비명이 튀어나왔다.

"살려줘요!"

"이런, 우리 꼬마 숙녀가 일어났구나."

머리 위쪽에서 스미스 씨의 목소리가 들렸다.

"뭐, 뭐야! 당신은 여행 갔다고 했는데?"

"알마가 잘 둘러댄 모양이구나. 알마는 충실한 고용인이지."

또각또각, 구두 굽 소리가 가까워졌다. 스미스 씨의 기다란 그림자가 내 위로 드리웠다.

"널 네 엄마처럼 만들어줄게. 내 정원에서 아나이스와

네가 나란히 서 있는 거야. 어때? 정말 예쁠 것 같지 않아?"

스미스 씨가 얼음 관 옆에 쪼그리고 앉더니 양동이의 물을 천천히 부었다. 이대로 얼음 박제가 되어버릴 순 없었다. 이를 악물고 발을 스케이트 타듯 위아래로 움직여 봤다. 조금씩 얼음에 금이 가는 느낌이 들었다.

"어이, 꼬마 아가씨. 얌전히 있어야지. 기포가 생기면 곤란하다고."

스미스 씨가 차디찬 물을 내 얼굴에 들이부었다.

"싫어! 하지 마! 알마 언니! 도와줘요!"

"그래, 실컷 소리 지르렴. 여긴 너랑 나 말고 아무도 없으니까."

"언니, 알마 언니는요?"

"할 일을 했으니 오랜만에 집에 가서 쉬라고 했지. 이런 아름다운 광경은 나 혼자만 즐기고 싶어서 말이야."

스미스 씨가 얼굴을 가까이 들이밀며 말했다. 나는 곱은 손을 뻗어 그의 뺨을 힘껏 할퀴었다. 그가 신음을 흘리며 볼을 문지르자 손바닥에 피가 묻어나왔다.

"이게 감히 날… 귀엽게 봐주려 했더니!"

스미스 씨가 가고일처럼 일그러진 얼굴로 내게 물을 퍼부었다. 그러자 금이 간 얼음 틈새로 물이 들어와 발을 조금 더 움직일 수 있었다. 스미스 씨는 양동이의 물을 붓고 또 부었다. 금세 물이 얼굴까지 차올랐다. 코로 물이 들어오고 몸이 떨렸지만 쉬지 않고 발을 움직였다.

"얌전히 있으라니까."

스미스 씨가 얼음 박제 하나를 들어, 내 가슴 위에 올려놓았다. 끝내 나는, 물속으로 가라앉았다. 생명이 빠져나간 족제비의 무심한 눈동자가 나를 바라봤다.

숨이 막혔다. 아무것도 느낄 수 없었다. 추위조차도. 나는 눈을 감았다. 감은 눈 사이로 흘러나오는 뜨거운 눈물이 차디찬 물속으로 퍼져나갔다.

이제… 포기해야 할까?

그 순간 문밖에서 쿵, 하는 소리가 들렸다. 언 고깃덩어리를 떨어뜨린 것처럼 둔탁한 소리였다.

"뭐야?"

스미스 씨가 성난 목소리로 외쳤다. 쿵, 소리가 한 번 더 들려왔다. "젠장, 어떤 새끼가 집에 안 가고." 그가 욕설을 내뱉으며 문 쪽으로 향했다. 내게 주어진 마지막 기회였다. 가슴과 배를 누르고 있던 얼음 박제를 온힘을 다해 밀어냈다. 얼음이, 얼음 속의 족제비가 바닥으로 미끄러져 떨어지며 산산이 부서졌다. 나는 발로 얼음 관을 깨며 몸을 일으켰다. 숨을 크게 들이쉬려는데 기침이 먼저 나왔다. 문 앞을 살피던 스미스 씨가 득달같이 달려왔다.

"이런다고 네가 도망갈 수 있을 것 같아?"

스미스 씨는 굶주린 들짐승처럼 쉰 목소리로 웃어대며 내 목덜미를 잡아챘다. 그리고 나를 얼음 관 속으로 밀어 넣었다. 이대로 당할 순 없다. 발버둥 치며 버티는데, 등 뒤에서 퍽 하는 소리가 들렸다. 알마 언니였다. 언니의 손에는 밀가루 반죽을 만들 때 쓰는 밀대가 들려 있었다. 스미스 씨는 얼음 관에 머리를 처박고 쓰러졌다. 뒤통수에서 흘러나온 피가 물속으로 번져 나갔다. 언니가 나를 관 속에서 끌어냈다. 나는 빨갛게 물들어가는 얼음 관을 보며 물었다.

"주, 죽었을까요?"

"아닐 거야. 어서 도망가."

"언니는요? 언니도 같이 가요."

"난 걱정하지 마. 알아서 할게."

알마 언니가 앞치마 주머니에서 신발을 꺼내 내게 건넸다. 쓰러져 있던 스미스 씨가 우욱, 하는 신음을 내뱉으며 움찔댔다.

"카야, 빨리 달아나. 빨리!"

언니가 내 등을 밀며 소리쳤다. 나는 가죽신을 손에 들고 좁은 복도를 달렸다. 알마 언니가 걱정됐지만 뒤돌아볼 틈은 없었다. 복도 여기저기에 죽은 동물의 머리와 몸통이 널브러져 있었다. 하지만 무시하고 달려야 했다. 희미한 빛이 새어 들어오는 복도 끝을 향해.

복도 끝에는 좁은 계단이 있었고, 돌계단을 올라가니 나무문이 덮여 있었다. 문을 힘껏 밀고 밖으로 나왔다.

얼음 분수가 보이지 않는, 저택의 뒤편. 나는 허겁지겁 맨발로 달렸다.

저택의 정문을 빠져나오고 나서야 신발을 신었다. 그러나 긴 드레스를 입고는 언덕을 내려갈 수 없었다. 한 쪽 신을 벗어 스케이트 날로 치맛단을 찢어내고, 떨리는 손을 다잡으며 신발 끈을 동여맸다. 스미스 씨가 쫓아오기 전에 언덕을 내려가야 한다. 윗몸을 잔뜩 숙이고 중심을 잡으며 언덕길을 미끄러져 내려갔다. 머릿속에 떠오르는 생각들, 두려움은 애써 몰아냈다. 딴생각을 하다가 자칫 균형을 잃으면 앞으로 고꾸라지게 된다. 거센 바람이 이빨을 드러내고 나를 물어뜯었다. 맨살이 드러난 다리에는 수많은 얼음송곳이 날아와 꽂혔다.

언덕을 반 이상 내려갔을 즈음, 허리를 펴고 속도를 늦췄다. 속도를 조절하지 못하고 미끄러져 언덕 아래 호수에 빠지면 끝장이다. 바람은 더욱 성난 듯 날뛰었고, 추위는 더욱 속속들이 파고들었다. 이제는 다리뿐만 아니라 온몸이 따끔거렸다. 아니, 따끔거리는 정도가 아니었다.

피부를 칼로 도려내는 듯 아팠다.

겨우 마을 어귀에 다다랐는데 다리가 더는 움직이지 않았다. 조금만, 조금만 더 가면 우리 집인데….

나는 그 자리에 넘어지며 차가운 눈밭에 얼굴을 처박았다. 스르르, 눈이 감겼다. 안 돼. 이대로 잠들면 얼어 죽을 거야.

겨우 얼굴을 들어 마을을 봤다. 라우라 아줌마네 창에 불이 켜져 있었다. 할머니가 병원에서 나왔나 보다. 다행이다. 아줌마, 저 여기 있어요….

❄

"카야, 정신이 들어?"

라우라 아줌마의 목소리가 들렸다. 눈을 깜박일 때마다 흐릿했던 눈앞이 선명해졌다. 나를 내려다보던 부연 형체가 아줌마의 둥근 얼굴이 되었다. 걱정이 담긴 얼굴로 나를 보던 아줌마의 눈에 눈물이 고였다.

"아줌마…."

"깨어나서 다행이다. 이틀이나 잠들어 있어서 얼마나 걱정했는데…."

"절 찾지 못할 줄 알았어요."

"아나이스가 없었다면 그랬겠지."

"엄마요?"

"집에 있는데 아나이스의 목소리가 들렸어. 카야를 구해달라고. 순간 눈밭에 쓰러진 너의 영상이 머릿속에 떠올랐지. 너희 엄마의 에니아르는 다른 이들보다 강한 것 같아."

엄마가 날 구해줬구나. 혹시라도 엄마의 에니아르를 느낄 수 있을까?

나는 방안을 둘러봤다. 내가 있는 곳은 우리 집이 아니었다. 라우라 아줌마의 집이었다. 가만, 이틀 동안 잠들어 있었다면 아빠가 왔을 텐데?

"아빠는요? 아빠는 돌아왔어요?"

"응."

아줌마가 힘없는 목소리로 대답했다. 쿵, 가슴 속에서 무언가 내려앉는 기분이었다.

"우리 아빠 어딨어요? 저를 왜 우리 집으로 데려가지 않았어요?"

"카야…. 그보다 스미스 저택에서 무슨 일이 있었던 거야?"

라우라 아줌마가 말을 돌렸다. 당장 아빠가 보고 싶었다.

"아줌마, 저 아빠를 만나러 갈래요."

몸을 일으키려는데 머리가 핑 돌았다. 눈앞에 반짝이는 벌레들이 떠다니는 것 같았다.

"매즈는… 괜찮아. 그러니까 진정하고 여기서 기다리고 있어. 네가 깨어났다고 말하고 올게."

라우라 아줌마가 어두운 표정으로 방을 나갔다. 심장이 쿵쾅거리는 소리가 귀에서 들렸다. 아빠가 괜찮지 않은 거야. 아빠에게 무슨 일이 일어난 게 틀림없어.

어지럼증이 사라지길 기다리며 숨을 가다듬었다. 침대에서 일어나 바닥에 발을 디디는데 한 걸음도 나아가지 못하고 고꾸라졌다. 발에 힘이 조금도 들어가지 않았다. 다시 일어설 수도 없었다. 내 발에는, 발끝에서 종아리까지 붕대가 칭칭 감겨 있었다.

"카야!"

우리 집에 갔던 라우라 아줌마가 붉어진 얼굴로 달려와 나를 일으켰다. 아줌마에게서 차가운 바람 냄새가 났다.

"아직 일어나면 안 돼. 발이랑 다리에 동상이 심해서 약초를 대놨거든. 부기가 빠지고 나면 걸을 수 있을 거야."

"아빠는요? 왜 아줌마랑 같이 안 왔는데요?"

벌써부터 울음이 나와 말끝이 뭉개졌다.

"카야, 놀라지 마. 아빠가 좀 다쳤어."

"다쳐요? 어쩌다가요?"

어두운 길을 가다 얼음 낭떠러지에서 미끄러진 걸까? 검은 숲에서 곰이라도 만난 게 아닐까? 나는 답을 재촉하듯 아줌마의 팔뚝을 꽉 움켜쥐었다.

"울지 마, 카야. 울지 마."

라우라 아줌마가 푹신한 가슴으로 나를 안아주었다. 울음이 잦아들 때까지 내 등을 토닥이던 아줌마는 아빠에게 일어난 일을 머뭇머뭇 얘기했다.

결론부터 말하면 아빠는 출장을 간 게 아니었다. 아니 적어도 아빠 자신은 출장을 가는 줄 알았다.

"멧돼지를 쫓던 사냥꾼 게일이 매즈를 발견하지 못했

다면…."

아빠는 나무에 묶인 채 죽어가고 있었다. 누가 아빠에게 그런 짓을 했는지는 물어볼 필요도 없었다. 스미스 씨였다. 나를 얼음 관 속에 가두기 위해 아빠까지 없애려 했다니.

"우리 아빠, 얼마나 다쳤는데요? 솔직하게 말해주세요."

"카야, 아빠는 괜찮아질 거야."

라우라 아줌마는 나를 안은 채 괜찮아질 거란 말만 반복했다. 아빠는 내가 상상하는 것보다 훨씬 크게 다친 것 같았다. 그렇지 않다면 이런 꼴이 된 나를 라우라 아줌마 집에 둘 리가 없다.

"저, 아빠한테 데려다주세요."

"그래 알았어. 데려다줄게. 그 전에 뭐 좀 먹어야겠다."

아줌마는 도망치듯 주방으로 가서 닭고기 수프를 가져왔다. 구수한 수프 냄새를 맡자 입안 가득 침이 고였지만 나는 고개를 저었다.

"아빠부터 만나고 먹을래요."

"안 돼, 카야. 아줌마 말 들어."

라우라 아줌마도 물러서지 않았다. 나도 그렇지만, 우리 마을 사람들은 고집이 세다. 나는 수프 그릇을 입에 대고 벌컥벌컥 마셨다. 그리고 손등으로 입에 묻은 국물을 닦아냈다. 아줌마는 못 말리겠다는 듯 고개를 가로저으며 외투를 가져와 입혀주었다.

"자, 모자도 쓰자. 밖에 눈이 많이 내리거든."

일분일초라도 빨리 아빠의 상태를 확인하고 싶었지만 아줌마의 말을 고분고분 따랐다. 털장갑까지 끼고 나서 아줌마가 내 앞에 쪼그리고 앉아 등을 내밀었다.

"업혀."

아줌마의 등은 아빠의 등보다 푹신했지만 나는 아빠의 등이 훨씬 더 좋았다. 기껏해야 서른 발자국밖에 떨어지지 않은 우리 집까지의 거리가 마냥 길게 느껴졌다.

문을 열자 약초 태우는 연기가 코를 찔렀다.

"아빠? 아빠, 나 왔어!"

아빠를 불렀지만 대답이 들리지 않았다. 라우라 아줌

마가 흡, 숨을 들이켰다.

"저, 내려주세요."

아줌마가 조심스레 나를 내려주었다. 나는 아줌마의 부축을 받으며 방으로 들어갔다. 한쪽 눈과 머리에 붕대를 감은 아빠는 깊이 잠든 사람처럼 침대 위에 반듯이 누워 있었다.

"아빠!"

아빠에게 다가가려는 마음에, 다리를 다쳤다는 사실도 잊고 아줌마의 손을 뿌리쳤다. 그리고 바닥으로 내동댕이쳐졌다. 나는 무릎으로 기어가 이불 속으로 손을 넣었다. 아빠의 손을 잡으려 했는데… 손이 없었다. 아빠의 팔이 있어야 할 자리에는 헐렁한 소매만 달려 있었다.

"아줌마? 우리 아빠, 우리 아빠가…."

차마 말을 끝맺을 수가 없었다. 라우라 아줌마는 두 손에 얼굴을 묻고 숨죽여 울었다.

❄

그날 이후, 마을에 강추위가 몰려들었다. 폭설이 쏟아지고 눈 폭풍이 휘몰아쳤다. 아기 주먹만 한 눈송이가 얼음덩어리와 섞여 내렸다. 사나운 바람이 밤낮을 가리지 않고 작은 창을 두드리며 유령처럼 울부짖었다. 어지러울 정도로 휘몰아치는 눈보라 때문에 집 밖으로 나갈 수도 없었다. 스미스 씨의 공장도 중단되었다.

나는 라우라 아줌마의 간호로 하루하루 회복해갔다. 스미스 저택의 사건이 일어난 지 열흘째 되던 날, 발에서 붕대를 풀었다. 아직 스케이트를 탈 정도는 아니었지만 걷는 데는 별문제가 없었다. 눈보라는 여전히 잦아들지 않았다.

"춥지?"

라우라 아줌마가 수프가 담긴 커다란 보온병을 건네주며 말했다. 아줌마는 매일 아빠와 나를 위해 먹을 것을 가져다준다. 아빠는 며칠 전 의식을 찾았지만 넋이 나간 사람처럼 허공만 바라볼 뿐, 말을 하지는 못했다.

"전 견딜 만한데, 아빠가 어떨지 모르겠어요."

아줌마가 침대에 누워 있는 아빠를 내려다보며 긴 한숨을 쉬었다. 아줌마는 다른 날과 달리 귀마개가 달린 털모자를 쓰고 두툼한 가죽장갑을 끼고 있었다.

"아줌마, 어디 가요?"

"어. 마을회관에."

"회관에는 왜요?"

"주민 회의가 있어."

"이렇게 늦은 밤에요? 무슨 일 있어요?"

"알마가… 실종됐어."

"알마 언니가요?"

알마 언니가 사라졌다니… 분명 스미스 씨의 짓이다. 스미스 씨라면 수하들을 시켜 알마 언니를 검은 숲에 묶어 놓았을 수도 있다. 아빠한테 그랬던 것처럼.

"날씨 때문에 공장도 언제까지 중단될지 모르고."

"저도 데리고 가요."

"넌 안 돼."

"왜요? 저도 이 마을 사람인데요."

"넌 너무 어려, 카야."

"그 사람은 범죄자예요. 날 죽이려 했단 말이에요."

"그래. 너에 대한 이야기도 할 거야. 매즈에 대해서도. 그러니까 넌 집에서 기다리고 있어. 아직 발도 다 낫지 않았잖아."

"아줌마, 스미스 씨를 우리 마을에서 쫓아내자고 해요. 네?"

"음… 그럼 좋겠지."

라우라 아줌마가 또 한숨을 쉬었다. 아줌마의 미간에도 깊은 세로 주름이 생겼다.

"촌장님한테 말하면 되잖아요."

"그래, 카야. 말해볼게. 하지만…."

"네?"

"너는 잘 모르겠지만 그 인간을 쫓아내는 건 쉬운 일이 아니야. 증기 기관을 돌리는 건 전부 스미스의 수하들이고… 마을에서도 그자에게 잘 보이고 싶어 하는 사람들이 있거든."

라우라 아줌마가 장갑 낀 손으로 내 머리를 쓰다듬어 주고는 밖으로 나갔다. 어둠과 눈을 실은 바람이 집안으로 들이닥쳤다. 나는 얼른 문을 걸어 잠갔다. 그리고 창가에 서서 아줌마가 몸을 잔뜩 웅크린 채 눈 속으로 사라지는 걸 지켜봤다.

❄

마을 회의에서 어떤 얘기가 오갈까 상상하며 아빠에게 수프를 먹여주고 있을 때였다. 문이 덜컥거리는 소리가 들렸다. 분명히 잘 걸어 잠갔는데… 다시 확인하러 현관으로 갔다. 카야, 카야. 누군가 내 이름을 부르고 있었다.

"누구세요?"

"카야, 나야. 알마."

"알마 언니?"

반가움과 놀란 마음으로 문을 열었다. 알마 언니는 바람에 떠밀리듯 집 안으로 들어왔다. 푹 눌러쓴 모자와 눈만 보일 정도로 칭칭 휘감은 머플러 때문에 목소리가 아니었다면 언니인지 알아보지 못했을 것이다. 등에는 자기 몸집보다 커 보이는 배낭을 메고 있었다.

"언니, 어떻게 된 거예요? 언니 때문에 마을 회의가 열렸어요."

"나 때문에?"

"언니가 실종돼서… 아마 스미스 씨 짓이라고 생각하는 것 같아요."

"그날, 저택에서 간신히 도망 나왔어. 하지만 집에 돌아갈 수는 없었지."

"그럼 그동안 어디서 지냈어요? 우리 집에 왔으면 좋았을 텐데…."

"미안, 카야. 그건 천천히 얘기하자. 좋은 냄새가 나는데… 닭고기 수프니?"

알마 언니가 목도리를 풀며 코를 킁킁거렸다. 눈 밑에는 검은 그늘이 드리웠고, 볼은 움푹 꺼져 얼핏 보면 다른 사람처럼 보였다.

나는 언니를 주방으로 데려가 냄비에 있던 수프를 덜

어주었다. 수저를 든 손이 바들바들 떨리는 바람에 언니는 수프를 제대로 먹을 수가 없었다. 나는 보일러 온도를 조금 높였다. 통통, 소리를 내며 증기 기관이 돌아갔고 집 안에 훈훈한 기운이 감돌았다.

"고마워, 카야."

알마 언니는 수프를 두 접시나 비우고 천천히 입을 열었다.

"난 그동안… 망자의 동굴에 숨어 있었어."

"네? 거긴 아무나 들어갈 수 없잖아요."

"그렇긴 하지만, 입구를 막아놓진 않았잖아. 마음만 먹으면 들어갈 수 있지."

"무섭진 않았어요?"

"응. 바깥에 눈보라가 몰아칠 때도 동굴 안에 있으면 춥지 않았어. 배가 고프면 저택에서 가져온 훈제고기를 뜯어먹었지. 그곳에서 많은 생각을 했어."

나는 망자의 동굴 안에서 수많은 얼음 관 사이에 쪼그리고 앉아 질긴 고기를 먹는 알마 언니의 모습을 그려보았다. 언니 말대로 무섭지 않았을 것 같기도 하고, 외롭고 무서웠을 것 같기도 했다.

"엄마가 허리를 다치면서 내가 가장이 됐다고 말했었지?"

"네, 기억나요."

"엄마와 할머니의 기대를 저버리고 싶지 않아서 열심히 일하긴 했지만 나는 스미스 저택에서 일하는 게 전혀 자랑스럽지 않았어. 자랑스럽기는커녕 혐오스러웠지. 밖에서는 신사인 척 가면을 쓰고 다니지만 그 인간의 민낯이 어떤지 알고 있었으니까. 그런데도 네게 그런 짓을 해서 정말 미안해. 널 얼음 관 속에 넣으려는 줄은 몰랐어. 그저 네게 흰 드레스를 입혀보겠다고 해서…."

"괜찮아요. 그래도 절 구해줬잖아요. 언니가 날 살렸어요."

"아니야. 처음부터 그래서는 안 되는 거였어. 그런 인간의 말을 믿다니… 내가 어리석었어."

그날, 스미스 씨의 지시로 집에 가려던 알마 언니는 그가 별채에 머무는 고용인들까지 집에 보내자 수상하다고 생각했다. 그리고 언덕을 반도 내려가지 않아 저택으로 돌아왔다.

"솔직히 난… 언니가 날 싫어하는 줄 알았어요."

"그랬을 거야."

"네?"

"네가 스미스 저택에 오지 않았으면 해서, 일부러 더 차갑게 대했어."

알마 언니는 처음부터 나를 걱정하고 있었다. 그런 줄도 모르고 나는 섭섭하게만 생각했는데…. 어쩐지 눈물이 나올 것 같아 말끔히 비워진 수프 접시를 들고 개수대로 갔다.

"카야, 잘 지내. 난 이 마을을 떠날 거야. 새로운 도시에서 새로운 삶을 살 거야."

접시를 씻고 있는데 언니가 나지막이 읊조리듯 말했다. 하지만 그 말은 내 가슴을 크게 울렸다. 새로운 도시, 새로운 삶….

"어디로 갈 건데요?"

나는 접시의 물기를 털며 물었다. 아무런 대답이 없어 뒤를 돌아봤다. 언니는 테이블에 엎드려 있었다. 그사이 잠이 든 듯 가늘게 코 고는 소리가 들렸다. 내 방에서 담요를 가져와 언니의 어깨에 덮어주었다. 곤하게 자는 언니를 보니 하품이 나왔다. 나도 방에 들어가 자려는데 언니의 배낭에 걸려 넘어질 뻔했다. 안에서 헝겊으로 감싼 나무막대가 튀어나왔다. 헝겊에서는 기름 냄새도 났다. 동굴 안에서 모닥불이라도 피웠나? 무거울 텐데 왜 마을까지 가지고 내려왔지? 어쨌든 도로 집어넣으려 배낭의 끈을 풀었다. 배낭 속에는 똑같은 나무막대가 수십 개는 있었다.

"뭐해?"

잠에서 깬 알마 언니가 잔뜩 잠긴 목소리로 물었다.

"언니, 가방에서 이게 떨어져서…."

"이리 내."

갑자기 언니의 태도가 돌변했다. 언니는 내 손에서 막

대를 빼앗아 배낭에 욱여넣었다.

“그런 걸 왜 그렇게 많이 갖고 다녀요?”

“네가 상관할 일이 아니야.”

“언니….”

“내가 해야 할 일이야. 너희 엄마의 얼음 관을 빼앗을 때부터, 아니 훨씬 전부터 놈은 제정신이 아니었어. 너도 봤지? 집 안을 채운 박제로도 모자라 그놈은 살아있는 동물들로 얼음 박제를 만들고, 너한테까지 그런 몹쓸 짓을 했어.”

나는 알마 언니가 마을을 떠나기 전에 무엇을 하려는지 눈치 챘다. 스미스 저택에 불을 지르려는 것이다.

“언니, 나 때문에….”

“꼭 너를 위해서만은 아니야.”

언니가 스웨터를 벗고 내게 등을 보여주었다. 등과 허리의 피부가 불에 덴 상처투성이였다. 일그러진 상처에는 진물이 배어 있었다.

“그놈은 악마야. 살려두면 무슨 짓을 할지 몰라. 또다시

너처럼 죄 없는 소녀가 해를 입으면 안 되니까."

"그럼 나랑 같이 가요."

"안 돼. 너까지 끌어들일 순 없어. 위험한 일이야."

"위험한 건 나도 알아요."

나는 알마 언니의 손을 잡고 아빠가 있는 방으로 들어갔다. 침대에 누운 아빠는 멍하니 천장을 바라보고 있었다.

"우리 아빠예요. 스미스 씨가 저렇게 만들었어요. 나도 복수하게 해 줘요."

나를 내려다보는 알마 언니의 눈에 눈물이 차올랐다.

"대신 엄마의 얼음 관 옆에 있겠다고 약속해. 거기까지는 저택의 불길이 미치지 못할 테니까."

나는 알마 언니를 바라보며 고개를 끄덕였다.

❄

우리는 단단히 옷을 껴입고 밖으로 나갔다. 쏟아져 내리는 눈이 우리의 눈을 가렸다. 세차게 불어닥치는 바람 때문에 숨조차 제대로 쉴 수 없었다. 그러나 눈보라를 뚫고 가는 알마 언니의 어깨에서는 이전에 볼 수 없던 결연함이 느껴졌다. 멀리 보이는 마을회관의 창에 사람들의 그림자가 어른거렸다. 아직도 회의가 끝나지 않았나 보다.

언덕을 오르기 시작하자 발이 아팠다. 하지만 아픈 티를 내면 언니가 따라오지 말라고 할까 봐 얼굴을 목도리에 파묻은 채 신음을 삼켰다.

바람이 거세졌고 눈 폭풍이 언덕 위에서 소용돌이쳤다.

검은 구름이 스미스 저택 위로 모여들었다.

우르릉 쾅!

빛줄기가 하늘을 갈랐고, 찢어진 하늘이 괴성을 토해냈다. 천둥 번개라니, 이 지역에서는 매우 드문 일이었다. 번쩍, 세상이 밝아지고 하늘이 또 한 번 울부짖었다. 번개가 칠 때마다 언덕 위의 저택이 모습을 드러냈다. 쾅, 머리 위에서 울리는 천둥소리에 놀란 나는 발을 헛디뎌 미끄러지고 말았다.

"괜찮아. 무서워할 것 없어."

알마 언니가 큰 소리로 말하며 장갑 낀 손을 내밀었다. 언니의 눈썹은 온통 하얗게 얼어 있었다. 나는 언니의 손을 잡는 대신 팔짱을 꼈다. 우리는 그렇게 발을 맞추어 앞으로 나아갔다.

드디어 눈앞에 저택이 나타났다. 알마 언니는 코트 주머니에서 열쇠를 꺼내 무거운 철문을 열었다. 컹, 우리를 본 샤샤가 반갑다며 짖었다.

"쉿, 샤샤. 조용히 해."

알마 언니가 가방에서 육포를 꺼내 던져주었다. 샤샤는 육포를 덥석 물고 제집으로 들어갔다.

"넌 여기서 기다리고 있어."

"네."

"무슨 일이 있어도 저택 가까이 오면 안 돼, 알았지?"

알마 언니는 내게 다짐을 받고서 저택 안으로 들어갔다. 나는 엄마의 얼음 관 뒤에 숨어 언니의 뒷모습을 바라봤다.

어두워서 흐릿하게 보이던 시야가 갑자기 밝아졌다. 거실 한가운데서 알마 언니가 횃불처럼 나무막대를 치켜들고 있었다. 언니가 불붙은 막대를 바닥에 던지자 곰 가죽으로 만든 러그가 타들어갔다. 언니는 서둘러 집 안 곳곳에 불을 놓았다. 소파가, 의자가, 장식장이, 불길에 휩싸였다. 그리고 2층에서 내려오는 스미스 씨가 보였다.

"언니, 빨리 나와요!"

언니한테 들릴 리 없다는 걸 알면서도 목이 터져라 소

리를 질렀다. 언니는 도망쳐 나오는 대신 스미스 씨를 향해 불붙은 막대를 던졌다. 막대는 빗나가 계단 위에 떨어졌다. 보랏빛 융단이 타들어갔고, 계단을 달려 내려온 스미스 씨가 언니의 뺨을 후려쳤다. 언니는 휘청하며 뒤로 물러났다가 스미스 씨에게 달려들었다. 불길 속에서 밀고 당기는 두 사람의 그림자가 어른거렸다. 가만히 보고 있을 수만은 없었다. 언니를 도와줘야 한다. 나는 저택으로 달려갔다. 그때였다. 알마 언니가 나를 보았다. 언니의 입술이 절박하게 말했다.

카야, 오지 마. 여기 오지 마.

그래도 나는 언니가 죽게 내버려 둘 수 없었다. 저택의 입구를 향해 달려가는데 누군가 외치는 소리가 들렸다.

"불이야! 저택에 불이 났다!"

저택 뒤편의 별채에서 사람들이 뛰어나왔다. 나는 얼음 분수 안으로 들어가 몸을 잔뜩 웅크렸다. 양동이에 물을 받아든 사람들이 불을 끄려 했지만 어림없었다. 그러나 누구도 불길을 내뿜는 집 안으로 들어가려 하지 않았다.

제발, 언니가 무사히 빠져나와야 할 텐데….

불길이 걷잡을 수 없이 번졌을 때 커다란 물통을 실은 소방차가 언덕을 올라왔다. 부리가 뾰족한 새처럼 생긴 마스크를 쓴 소방관들이 검은 호스를 들고 물줄기를 내뿜었다. 어느새 언덕에 올라온 마을 사람들이 그 광경을 보며 웅성댔다. 나는 얼음 분수 안에서 나와 마을 사람 무리에 숨어들었다.

"카야."

누군가 숨죽여 내 이름을 불렀다. 라우라 아줌마였다.

"여기서 뭐 해? 어떻게 된 거야?"

"아줌마, 알마 언니가… 알마 언니가…."

알마 언니는 마을의 풍습대로 얼음 관 속에 넣어졌다. 하지만 집 앞에 세워지지는 못했다. 우리 마을에서 부모보다 먼저 죽은 자식은 호수에 수장했다. 스미스 씨는 몸의 절반이 타버렸을 뿐, 죽지 않았다. 괴물이 정말 괴물이 되었다고 마을 사람들이 수군거렸다. 그는 치료를 받기 위해 고향으로 돌아갔고, 그의 수하들은 폐허가 된 집을 수리했다.

다음 날부터 눈보라가 잦아들었다. 아무 일도 없었다는 듯, 마을 사람들은 일상을 되찾아갔다. 나는 알마 언니의 죽음을 헛되게 할 수 없었다. 스미스 씨를 마을에서 몰아내야 한다. 라우라 아줌마에게 상의할까도 생각해봤다. 하지만 아빠 대신 공장장이 된 아줌마는 공장 일에, 아픈 할머니까지 돌보느라 정신없이 바빴다. 밤늦게 지친 모습으로 수프를 가져다주는 아줌마에게 더는 짐이 되고 싶지 않았다. 우리 마을에서 스미스 씨를 쫓아낼 수 있는 사람은 미알리크 촌장밖에 없을 것이다.

나는 미알리크 촌장을 찾아갔다. 촌장의 집은 망자의

동굴 가까이에 있었다. 동굴 근처에는 동굴지기의 집들도 몇 채 있었다.

나는 집 앞에 세워진 촌장 부인의 얼음 관을 보며 인사하고, 현관문을 두드렸다.

"촌장님, 계세요? 저 카야에요."

"누구라고?"

"카야요."

미알리크 촌장이 문을 열어주었다. 뜻밖의 방문에 놀란 표정이었다.

"카야, 일단 안으로 들어오너라."

모자와 어깨 위에 쌓인 눈을 털고 집 안으로 들어갔다. 거실에는 곰처럼 커다란 증기난로가 있었고, 난로 위에서는 주전자가 달그락 소리를 내며 김을 뿜어냈다. 나는 장식장 위에 놓인 액자들을 봤다. 촌장 부인의 독사진이거나 두 사람이 함께 찍은 사진들이었다. 촌장에게는 자식이 없다.

"여기까지 오느라 추웠지? 차부터 좀 마시자꾸나."

주방에서 찻잔을 가져온 촌장이 주전자를 들어 차를 따랐다. 거실은 금세 구수한 향기로 가득 찼다.

"감사합니다."

나는 두손으로 찻잔을 받아들었다.

"뜨거우니 조심하렴."

미알리크 촌장이 나를 보며 미소 지었다. 그림으로 그려놓은 듯 인자한 미소였다. 나도 어색하게 웃고는 묵묵히 차를 마셨다. 다짜고짜 촌장을 만나러 오긴 했는데 어디서부터 말해야 할지 알 수 없었다.

"그래, 무슨 일로 여기까지 왔니? 매즈는 좀 어때?"

촌장이 물었다.

대부분의 시간을 잠만 자거나 깨어 있을 때도 허공만 보고 있는 아빠를 생각하니 목이 턱 막혔다.

"아빠는… 별로 좋지 않아요. 오늘 여기 온 건, 스미스 씨 때문이에요."

"스미스 씨? 무슨 일인지 어서 얘기해 보려무나."

촌장은 찻잔에 차를 더 따르면서도 내 얼굴에서 눈을

떼지 않았다.

"스미스 씨가 우리 마을에 돌아올까요?"

"아마도, 몸이 다 나으면 돌아올 게다."

"그런 일을 당했는데도요?"

"그런 일을 당했으니 더더욱 우리 마을에서 떠나지 않으려 할 테지."

"돌아오지 못하게 하면 안 돼요? 그 사람은 범죄자라고요."

"카야, 그 사람은 스미스 일가에 속해 있고, 스미스 씨의 할아버지는 우리 마을을 구해준 은인이란다. 황폐한 마을에 전기가 들어오게 하고, 증기 보일러를 설치하고, 사람들이 먹을 수 있는 고기를 만들어주었지."

"그건 할아버지 때의 일이잖아요. 그 사람은 저를 죽이려 했단 말이에요. 아빠도요."

내 말에 촌장의 눈이 날카롭게 빛났다.

"카야, 스미스 씨가 엄마의 관을 가져가서 화가 난 모양인데 그렇다고 거짓말을 퍼트리고 다니면 안 되지."

"거짓말이라뇨? 라우라 아줌마가 말 안 했어요?"

"너희 엄마의 얼음 관은 매즈와 스미스 씨가 거래한 거니 어쩔 수 없어."

"아빠는요? 아빠는 검은 숲에서…."

크흠, 촌장은 큰소리로 목을 가다듬으며 내 말을 막았다.

"카야, 어려운 일이 있으면 언제든 이야기하려무나. 마을 어른들이 도와줄 거야."

"네?"

"엄마가 죽은 지 얼마 안 됐는데 아빠까지 사고를 당했으니 어린 네가 얼마나 힘들겠니."

혀를 차며 고개를 젓던 미알리크 촌장이 나를 보았다. 어느새 미소를 머금은, 그림 같은 얼굴로 돌아와 있었다. 그제야 나는 깨달았다. 그건 인자한 미소가 아니라 만들어진 미소였다.

"안녕히 계세요."

뒤도 돌아보지 않고 촌장의 집에서 나왔다. 나는 촌장

이 마을 사람들의 편이라고 생각했다. 하지만 전혀 아니었다. 라우라 아줌마도 이 사실을 알고 있을까?

그날 저녁에도 라우라 아줌마는 먹을 걸 갖다 주러 우리 집에 왔다. 아줌마는 나를 보자마자 차가운 손으로 내 얼굴을 감쌌다.

"카야, 울었어? 눈이 많이 부었네."

"아줌마…."

나는 아줌마에게 매달려 미알리크 촌장을 찾아갔던 이야기를 했다. 도중에 자꾸 목이 메었지만, 촌장이 한 말을 빠짐없이 전했다.

"그런 일이 있었구나. 나한테 먼저 말하지 그랬어."

"아줌마가 너무 바쁘고 힘든 것 같아서."

라우라 아줌마가 내 정수리에 입을 맞추며 속삭였다.

"카야, 나도 촌장님께 말씀드렸지만…."

"촌장님은 우리 편이 아닌 거예요?"

내 물음에 아줌마가 눈물을 흘렸다.

“알마에게도, 너에게도 미안한 마음뿐이야. 어른들이 너희를 지켜줘야 했는데…. 나도 어떻게 도와줄 수가 없네. 나로서는 너랑 매즈를 돌봐주겠다는 약속밖에 못 하겠어.”

힘없이 말하는 라우라 아줌마를 보자 슬프면서도 화가 났다. 아빠가 엄마를 스미스 저택에 보냈을 때처럼, 알마 언니가 죽었을 때처럼.

“아줌마도 공장장이 되면서 스미스 씨한테 대가를 받았어요? 스미스 씨하고 거래를 했나요?”

촌장에게 미처 말하지 못했던 것들을 라우라 아줌마에게 쏟아냈다. 아줌마는 아무런 대답을 하지 않고 눈시울만 붉혔다.

밤이 되고 창백한 달이 얼굴을 내밀었다. 언덕 위를 비추는 보름달을 보며 나는 이 마을을 떠나야겠다고 결심했다. 알마 언니의 말처럼 새로운 세상에서 살고 싶었다. 봄이 오는 곳. 엄마의 고향으로 가야지. 내일은 짝숫날이고, 석탄을 실은 화물차는 짝숫날 오전에 바깥세상으로 출발한다. 화물차에 몰래 숨어들면 이 마을을 벗어날 수 있다.

"아빠, 난 여기를 떠날 거야. 꼭 돌아올게. 스미스 씨에게 맞설 힘을 길러서…."

아빠의 관자놀이 위로 눈물이 흘러내렸다. 혹시 내 말을 알아들었나? 아빠의 어깨를 잡고 흔들어봤다. 아빠는 여전히 허공의 한 점을 바라볼 뿐이었다. 인정해야 했다. 아빠는 예전의 아빠가 아니었다. 엄마를 스미스 저택으로 보내며 영혼의 반을 잃었고, 검은 숲에서 남은 영혼의 반을 잃어버린 것이다. 나는 아빠가 즐겨 쓰던 노란 메모지에 라우라 아줌마에게 남길 쪽지를 썼다.

-라우라 아줌마, 우리 아빠를 잘 보살펴주세요. 나중에 꼭 돌아올게요. 사랑해요.

아빠의 머리맡에 쪽지를 붙여놓고 이불 속으로 들어갔다. 아빠를 두고 떠나야 한다고 생각하니 심장이 동상에 걸린 것처럼 가슴 안쪽이 시려왔다. 좀처럼 잠이 오지 않왔지만 억지로 눈을 감았다. 내일 새벽에 일어나려면 몇 시간이라도 자둬야 한다. 내게는 마을을 떠나기 전 해야만 하는 일이 있으니까.

❄

모두가 잠든 새벽, 나는 내 몸의 두 배나 되는 무거운 썰매를 끌고 언덕을 올라갔다. 스미스 저택에 가기 위해, 엄마에게 작별인사를 하기 위해서였다. 눈은 그쳤어도 바람은 매섭게 얼굴을 때렸다. 몇 번이나 줄을 놓쳐 썰매를 잡으러 되돌아가야 했지만, 기어이 언덕 위에 오르고 말았다.

저택의 철문은 굳게 닫혀 있었다. 웅장하게 솟아 있던 첨탑은 허물어졌고, 저택 주변의 눈은 그을음으로 덮여 마치 그림자가 드리운 것 같았다. 군데군데 검은 벽돌과 목재들이 무질서하게 쌓여 있었다. 바람이 방향을 바꾸자 탄 냄새가 코를 스치고 지나갔다. 하얀 어둠 속에서 오직 엄마만, 몰락한 저택과 어울리지 않는 우아한 모습으로 서 있었다.

엄마, 난 엄마의 고향으로 갈 거야. 함께 가지 못해서 미안해.

샤샤는 제집 앞에 묶인 채 낑낑거리고 있었다. 샤샤, 무사해서 다행이야. 나는 철문의 장식을 밟고 뾰족한 철창 끝에 찔리지 않게 조심하며 안쪽으로 넘어갔다. 배가 홀쭉하게 들어간 샤샤가 반갑다며 헥헥거렸다.

"쉿, 샤샤."

알마 언니가 그랬던 것처럼 집에서 가져온 배양육 덩어리를 샤샤에게 던져주었다. 배가 몹시 고플 텐데, 고기는 쳐다보지도 않고 나를 향해 꼬리를 흔들었다. 나는 샤샤에게 다가가 머리를 쓰다듬었다. 내 볼을 두어 번 핥아준 샤샤는 그제야 고기를 물고 집으로 들어갔다.

구름이 걷히고 새벽달이 드러나자 하얀 눈으로 덮인 세

상이 환하게 밝아졌다. 달빛을 받아 은은하게 빛나는 엄마는 어느 때보다 아름다웠다. 나는 얼음 관을 끌어안고 속삭였다.

"엄마, 안녕."

얼음 녹은 물이 스며들어 가슴이 축축해져도 엄마를 놓을 수가 없었다. 컹, 샤샤가 그런 나를 나무라듯 짖었다. 나는 엄마와 떨어지기 싫은 마음을 접어두고 배낭에서 손도끼를 꺼냈다. 엄마를 내 힘으로 움직일 수는 없으니, 얼음 관을 쓰러뜨린 다음 썰매에 싣고 언덕을 내려갈 생각이다. 그리고 호숫가에 가서 엄마를 떠나보낼 것이다. 어떤 악마라도 엄마를 다시는 찾아낼 수 없도록.

얼음 관 아래쪽을 겨냥해 도끼를 휘둘렀다. 퍽, 엄마의 발아래 얼음이 약간 파였다. 내 마음도 그만큼 파여 나갔다. 아랫입술을 깨물며 같은 곳을 또 한 번 내리찍었다. 세 번, 네 번, 다섯 번… 어느 순간 세는 것도 잊은 채 도끼질을 했다. 얼음 관은 단단했다. 날이 밝을 때까지 도끼질을 해도 쓰러뜨리지 못할 것 같았다. 숨이 차올랐고, 손바닥이 쓰라렸다. 장갑을 벗어보니 손마디 마디에 말간 물집이 잡혀 있었다.

조금만, 쉬자.

바닥에 주저앉아 숨을 고르며 눈을 뭉쳐 한 입 베어 물었다. 차가운 눈이 입속에서 녹으며 바짝 마른 목구멍을 적셨다. 샤샤가 집에서 나와 꼬리를 쳤다. 샤샤에게 다가가 등을 쓰다듬는데 하늘에서 눈송이가 떨어지기 시작했다. 바람도 거세졌다. 조급한 마음으로 일어나 도끼를 휘둘렀다. 물집이 터져 장갑과 도낏자루에 피가 배어들었지만 멈추지 않았다. 샤샤가 낑낑거리며 목줄이 배배 꼬이도록 제집 주변을 맴돌았다.

점점이 흩날리던 눈송이가 하늘을 가득 메웠다. 바람도 한층 거세졌다. 더는 무리였다. 그렇다고 포기할 수는 없었다. 이번이야말로 마지막이라 생각하고 도끼를 치켜들었다. 그 순간 나를 날려버릴 듯 강한 바람이 불어왔다. 얼음 관이 앞으로 살짝 기울었다. 나는 한 발 뒤로 물러났다.

"엄마…."

막상 얼음 관이 쓰러진다고 생각하니 가슴이 조여들었다. 그렇지만 엄마를 저택에 두고 떠날 수는 없었다.

카야, 내 아가. 나의 태양.

어디선가 엄마의 목소리가 들렸다. 날카로운 바람 소리와 전혀 다른 따뜻하고 부드러운 목소리가.

"엄마?"

얼음 관 속의 엄마는 평온한 얼굴로 눈을 감고 있었다. 내가 환청을 들은 걸까?

카야, 사랑해. 엄마는 햇살, 바람, 그리고 새의 노랫소리 속에서 언제나 너와 함께할 거야.

또다시 엄마의 목소리가 들렸다. 환청이 아니었다. 강렬한 조명을 내리쬔 듯 얼음 관이 은빛으로 빛났다. 얼음 분수의 조각들도 은빛으로 물들었다. 처음에는 눈이 부셔 아무것도 보이지 않았다. 나는 눈을 가느스름하게 뜨고 얼음 관을 올려다봤다. 무질서하게 휘몰아치던 눈보라가 부드러운 리본처럼 얼음 관을 휘감았다. 얼음 관에 금이 가고, 표면에 미세한 육각형 무늬들이 새겨졌다. 반짝이는 얼음 가루가 바람에 흩날리고, 눈의 결정들이 자그마한 소용돌이를 만들며 하늘로 올라갔다. 얼음 관 속의 엄마도 빛이 되고 있었다. 나는 고개를 한껏 젖히고 빛으로 돌아가는 엄마를 두 눈 가득 담았다.

❄

세상이 다시 어두워지고 은은한 달빛만이 남았다. 샤샤의 목줄을 풀어주다가, 발아래 떨어진 얼음 한 조각을 주워들었다. 맑고 투명한 얼음조각 속에 붉은 머리카락 한 올이 들어 있었다. 작은 얼음은 손바닥 위에서 금세 녹았다. 나는 머리카락을 반지처럼 왼손 네 번째 손가락에 묶었다.

"가자, 샤샤."

샤샤가 조용히 나를 따라왔다. 언덕을 반쯤 내려와서야 나는 뒤를 돌아볼 수 있었다. 엄마의 모습은 보이지 않았고, 샤샤와 나의 발자국만이 하얀 눈밭 위에 선명하게 남아 있었다.

작가의 말

나는 겨울에 대해 양가감정을 느낀다.

하얀 눈과 투명한 얼음, 긴 밤이 주는 기쁨.

찬 바람, 회색빛 하늘, 추위가 주는 고통.

추위를 지독히 싫어하는 내게 겨울은 언제나 애증의 대상이었다.

몇 년 전 몹시 추운 겨울날이었다.

문득, 이대로 겨울이 끝나지 않는다면 어떻게 될까? 라는 질문이 떠올랐다. 상상만으로도 몸이 떨리는 일이었다. 그 떨림은 하나의 문장이 되었다.

'겨울이 가고 겨울이 오는 마을.'

『얼음 속의 엄마를 떠나보내다』는 이 문장에서 시작되

었다. 하지만 이 문장만으로는 소설이 완성되지 않았을 것이다.

이 소설을 만들어준 또 하나의 문장은 '삶과 죽음이 공존하는 마을'이다.

죽음은 언제나 삶의 이면에 존재한다. 그런데도 우리는 너무도 당연하다는 듯 죽음을 망각하고 살아간다. 한날한시에 어머니의 배를 가르고 태어났으나 서로를 외면하는 쌍둥이 형제처럼.

이상했다. 귀여운 병아리의 죽음이 친구와의 사소한 다툼보다 빠르게 지워진다는 사실이. 내 두뇌에서 어떤 일이 일어나는 것인지, 나는 언제나 궁금했다.

나는 죽음을, 기억하고 싶었다.

겨울, 죽음, 삶, 기억….

이런 단어들이 내 머릿속에서 눈보라를 일으켰다. 그 결과 얼음 관의 이미지가 만들어졌다. 그리고 얼음 속에 잠든 엄마도.

또다시 겨울이 오고 있다.

부디 겨울이 가고 봄이 오기를.

2021년 겨울의 문턱에서

남유하